Sie schlafen nicht. Ob Unternehmensberater, Online-Redakteur oder Key Account Managerin: Sie schlafen nicht. Denn es geht um Organisation, um Content, um Kommunikation, vor allem aber um die eigene Identität. Auch hier auf dieser Messe, wo sie gerade stehen, mit dieser Frau, die ihnen Fragen stellt. Und so reden sie, reden über ihr Leben mit der Droge Arbeit, über Hierarchien, über Erfolg und Privatleben. Sie erzählen von unserer Arbeitswelt – von Überidentifikation, Konkurrenz und Pleiten. Das Gespräch gleicht einer Stunde der Offenbarung: Die Business Analysten analysieren sich selbst.

Kathrin Röggla hat für diesen Roman zahlreiche Interviews mit Consultants, Coaches, Programmierern und Praktikanten geführt. Sie hat diese Gespräche zu einem fiktiven Kosmos verwoben, der zugleich fremd und erschreckend vertraut erscheint.

Ein Porträt der Menschen in unserer Gesellschaft, von denen man sagt, daß sie unsere Gegenwart gestalten – einzigartig in der deutschsprachigen Literatur.

Kathrin Röggla, geboren 1971 in Salzburg, lebt in Berlin. Sie entwickelt Radiostücke und arbeitet als Prosa- und Theaterautorin. Für ihre Bücher erhielt sie zahlreiche Preise, darunter den Italo-Svevo-Preis, den Anton-Wildgans-Preis und den Arthur-Schnitzler-Preis; ›wir schlafen nicht‹ wurde mit dem Preis der SWR-Bestenliste und dem Bruno-Kreisky-Preis für das politische Buch ausgezeichnet. Im Fischer Taschenbuch Verlag sind lieferbar: ›Niemand lacht rückwärts‹, ›Abrauschen‹, ›Irres Wetter‹, ›really ground zero‹, ›wir schlafen nicht‹ und das Prosabuch ›die alarmbereiten‹, das mit dem Franz-Hessel-Preis geehrt wurde. Im Frühjahr 2013 erscheinen gesammelte Essays und Theaterstücke unter dem Titel: ›besser wäre: keine‹.

Mehr zur Autorin unter: www.kathrin-roeggla.de.

Unsere Adresse im Internet: www.fischerverlage.de

kathrin
röggla

wir
schlafen
nicht

roman

fischer
taschenbuch
verlag

diesem text liegen gespräche
mit consultants, coaches,
key account managerinnen,
programmierern, praktikanten usw.
zugrunde.
ich möchte mich hiermit bei all
jenen gesprächspartnern bedanken,
die mir ihre zeit und erfahrung
zur verfügung gestellt haben.
kathrin röggla

4. Auflage: Mai 2013

Erschienen bei FISCHER Taschenbuch,
Frankfurt am Main, Februar 2006

© S. Fischer Verlag GmbH, Frankfurt am Main 2004
Druck und Bindung: CPI – Clausen & Bosse, Leck
Printed in Germany
ISBN 978-3-596-16886-6

silke mertens, key account managerin, 37
nicole damaschke, praktikantin, 24
andrea bülow, ehemalige tv-redakteurin,
jetzt online-redakteurin, 42
sven, nein, nicht it-supporter, 34
oliver hannes bender, senior associate, 32
herr gehringer, partner, 48

0. aufmerksamkeit

attentiveness

das sei doch nicht interessant. konfliktbeauftragter in
sachen israel/palästina, das wäre es. oder diplomaten:
französische, amerikanische, britische. generalbeauftrag-
te eben. solche solle man mal fragen, das wäre doch interessant. oder politiker. menschen der internationalen politik. nicht unsere politiker, unsere hauspolitiker, haus-
haltspolitiker. nein, menschen, die gar nicht so sehr in
erscheinung träten, zumindest zunächst, aber in wirklichkeit die fäden zögen.

weapon

– oder diese waffeninspekteure.
– herr blix.
– ja, herr blix in bagdad beispielsweise. oder noch nicht
in bagdad. oder schon wieder dort.
– oder menschen, die den atomwaffenhandel organisieren. das muß einen doch interessieren so als journalistin.
– ach, keine journalistin? was dann?

1. positionierung

die online-redakteurin: also das reden sei schnell gelernt, »das haste hier ziemlich schnell drauf!« da sei ja schließlich nichts außergewöhnliches dran, fast hätte sie gesagt »unmenschliches« – nein, mit dem reden habe sie auch nie probleme gehabt, d. h. am anfang schon, am anfang habe sie den eindruck gehabt, sie werde nie ihre schüchternheit überwinden, da habe sie einfach viel zuviel respekt gehabt, so vor den leuten, so vor den situationen. sie habe dann immer gedacht, die merkten ihre unprofessionalität, dabei bemerkten die ihre unprofessionalität überhaupt nicht. die seien nämlich meist so mit ihrer eigenen unprofessionalität beschäftigt gewesen, denn so ganz professionell seien die wenigsten, aber das habe sie erst später verstanden.

ja, am anfang sei sie schon mal ins stocken geraten, nur mit der zeit komme man eben drauf, wie man so vorankomme im gespräch, bis es »läuft«, und irgendwann falle es einem auch nicht mehr auf, »irgendwann merkst

8

du nicht mehr, daß du am reden bist«, und es dürfe
einem auch nicht mehr auffallen, denn sonst entstünde ja
so ein leichtes delay, und das könne man natürlich nicht
gebrauchen, dieses delay –
und doch: »irgendwann findest du dich vor geschäfts-
führern und vorstandsvorsitzenden wieder und hast ganz
vergessen, daß du mit denen am reden bist.« eigentlich
sei es bei ihr wie von selbst gegangen, daß sie profi geworden sei. nur manchmal noch müsse sie sich am anfang
einen kleinen ruck geben und sagen: »ja, man kann mit
den leuten reden.«

*

ob das jetzt das interview sei? »ist das jetzt das interview«,
um das gebeten worden sei?

ja, er sei herr gehringer, nur, er wolle da schon
sichergehen, daß er sozusagen beim richtigen termin
gelandet sei, nicht, daß ihm da einige dinge durcheinan-
derkämen. und er wüßte auch gerne, mit wem er es zu
tun habe, dann könne man ruhig mit den fragen los-
schießen –

»also schießen sie los!«

ja, jetzt könne man anfangen, er sei bereit, er sei zu
allem bereit (*lacht*), na ja, zu fast allem (*lacht*).

*

der senior associate: man solle ihn ruhig warnen, wenn er
mit zu vielen anglizismen um sich schmeiße, das gehe bei

ihm nämlich schon automatisch. manchmal merke er gar nicht mehr, in welchem fachjargon er wieder einmal rede und was für vokabular er wieder rauslasse. das passiere schnell, daß man für außenstehende einfach nicht mehr verständlich sei. gerade an einem ort wie diesem, wo man doch sehr viel mit kollegen spreche.

aber die unverständlichkeit sei ja genau einer der gründe, warum es überhaupt beratungen gebe – weil die unterschiedlichen bereiche eines unternehmens oftmals nicht richtig kommunizierten, und weil die problemlagen so komplex geworden seien, da bedürfe es immer öfter eines blickes von außen – aber ob man überhaupt schon reden könne, ob das band schon laufe?

gut: nach außen hin herrsche ja mehr das bild des beraters vor, der die bösen sachen sage. der sage: »ihr braucht weniger leute, ihr seid ineffizient.« und das sei ja auch richtig, das werde natürlich auch gemacht. »als berater schickst du deine sturmtruppen da rein, d. h. wir gucken uns all eure geschäftsfelder an, wirklich topdown, unterlegen alles mit zahlen, und dann gucken wir mal, ob wir neue geschäftsfelder aufreißen können oder ob wir geschäftsfelder kippen müssen, weil sie einfach nicht rentabel sind. und dann sitzt da der kleine business-analyst und rechnet sich das aus.«

er sei herr bender, hannes bender, oder oliver, »wie sie wollen.«

*

– geht's los?
– läuft das ding?
– kann man schon reden?

*

die key account managerin: ja, sie könne schon sagen: diesen planeten habe sie auch einmal betreten, diesen planeten habe sie sogar bewohnt für eine weile, sie kenne diesen planeten durchaus, habe aber dann von ihm abstand genommen, denn sie habe festgestellt, er sei nicht ohne bleibende wirkung auf sie gewesen, das habe sie festgestellt. sie habe aber mit sich in kontakt bleiben wollen, und so habe sie diesen planeten eben wieder verlassen müssen, und zwar schnurstracks. das sei dieser agenturplanet gewesen, das sei ihre agenturvergangenheit gewesen, und sie müsse sagen: sie bereue da nichts. ihr tue es nicht leid, daß sie da nicht mehr sei, daß sie in der branche nicht mehr wäre. sie habe hier auf der messe ja ehemalige kollegen getroffen, und sie müsse sagen, denen gehe es gar nicht gut. die stimmung sei ja insgesamt ziemlich schlecht, aber die werbebranche, die habe es am meisten getroffen.

*

die praktikantin: trotzdem: so eine agenturvergangenheit wie frau mertens hätte sie schon gerne gehabt oder zumindest eine medienvergangenheit, aber sie habe keine agenturvergangenheit und schon gar keine medienvergangenheit. sie sei auch erst eben zurückgekommen. sie sei ja eine weile weggewesen, da könne sie auch gar keine vergangenheit haben. sie wäre expo-tauglich, habe man ihr vor drei jahren gesagt, sie solle auf die expo gehen. sie sei aber nicht auf die expo gegangen, sie sei ja nach amerika, was vielleicht ein fehler gewesen sei. denn jetzt renne sie die ganze zeit mit ihrer amerikavergangenheit herum, wo sie die doch nicht brauchen könne, weil praktikumsstellen würden für eine amerikavergangenheit nicht ausgeschrieben, ja, jetzt würde nur eine agenturvergangenheit was zählen oder zumindest eine unspezifische medienvergangenheit. d. h. eine unspezifische medienvergangenheit wäre auch zu wenig, denn heute brauche man schon spezielle skills, nicht nur sogenannte »soft skills«, nein, spezifische und dazu konkrete erfahrungswerte. aber wie die bekommen, wenn es schon schwierig sei, auch nur eine praktikumsstelle zu finden. ja, es sei schon schwierig genug gewesen, diese stelle hier auf der messe zu bekommen, obwohl das ja nur mehr so ein unbezahlter organisationsjob sei – saftholen, standorganisation und so kram.

*

der it-supporter: nein, er wolle nicht der techniker sein, wenn man ihn so frage, doch wer frage heutzutage noch nach. lieber liefen sie alle davon, lieber machten alle die flatter, wenn es einmal zu einem problem komme, und er stünde dann allein da. aber er komme immer in diese rolle rein – kaum funktioniere was nicht, werde er gerufen. auseinandersetzen wolle sich niemand mit dem problem. dafür habe man ihn ja, heiße es dann, und hernach könne man denen dann alles erklären, ja nachher könne man denen alles doppelt und dreifach erklären.

*

die key account managerin: sie habe ja <u>nullkommanull</u> ahnung von betriebswirtschaft gehabt –

der senior associate: »anfangs war auch klar, daß man blöde fragen stellen durfte« –

die key account managerin: sie habe gleich mit dem controller zusammenarbeiten müssen. sie habe vorher gar nicht gewußt, was controller seien, bzw. hätten die für sie ein rein negatives image gehabt.

der senior associate: anfangs würden einem schon viele begriffe an den kopf geworfen, die man nicht kenne – »mit denen mußt du erst mal umzugehen lernen.«

die key account managerin: sie sei ja <u>quereinsteigerin,</u> komme aus der verlagsbranche. presseabteilung. jetzt sei sie im grunde vertriebsfrau, d.h. eine art von vertriebsfrau. sie sei eigentlich zuständig für den kundenkontakt, aber da sie ja »b2b« machten, also »business to business«, müsse man sie als vertriebsfrau bezeichnen.

der senior associate: »nein, so läuft es nicht. wenn du es auswendig lernen mußt, dann brauchst du gar nicht erst anzufangen.« aber auch er finde es ganz schön absurd, das ganze wording.

*

die online-redakteurin: oft sei es ihr natürlich unangenehm gewesen zu sagen: »<u>ich arbeite bei sat1.</u>« das sei ihr manchmal echt schwer über die lippen gekommen. obwohl dort eine nette arbeitsatmosphäre herrsche und sie eigentlich auch immer mit netten leuten zusammengekommen sei, von denen man auch nie gedacht hätte, daß sie bei so einem sender arbeiten würden. aber die arbeiteten eben da, nur erzählten sie es wahrscheinlich nicht herum, und so komme man erst gar nicht auf den gedanken.

aber ja, sie müsse schon sagen, sie habe da sehr viele, sehr interessante, aus unterschiedlichen richtungen kommende menschen kennengelernt, und letztendlich sei es eben auch nicht so furchtbar schlimm, bei diesem sender zu arbeiten. dazu kämen noch die sozialleistungen, die einem da geboten würden. das würde man sich ja auch nicht denken, daß ein sender wie sat1 gute leistungen und eine entspannte struktur böte. also freie tage, die man umsetzen könne, flache hierarchien und eben unheimlich gute leistungen. also letztendlich sei es keine so schlechte sache, wie man von außen vermuten würde, aber trotzdem klinge es selbst in ihren ohren noch merkwürdig, wenn sie sich da sagen höre: »ich arbeite bei sat1.«

*

der senior associate: anfangs sei er da ja mehr rangegangen mit der haltung – »sozusagen« : das sei ja nicht er, der den job mache. er spiele vielmehr eine rolle, er spiele vielmehr mit und schaue sich das sozusagen an. oder eine art experiment, das er mit sich durchführe, unter dem motto: mal sehen, wie sich diese welt so anfühlt. das sei eine haltung, die man so nicht durchziehen könne. er würde sagen, nicht länger als zwei wochen durchhalten könne, weil das eben ein job sei, der einen 100 % fordere. man könne nicht 16 stunden am tag arbeiten und dem team gegenüber eine emotionale schranke haben, das ginge nicht. zumindest bei ihm nicht. möglicherweise könnten das andere, aber er sei nicht der typ, der 24 stunden eine rolle spiele, nein, das sei er nicht.

2. die messe (die praktikantin)

aber ob es wirklich das erste mal sei? sie meine, ob es wirklich das erste mal sei? sie könne es kaum glauben. sie habe ja noch nie jemand getroffen, der nicht schon mal auf dieser messe hier gewesen wäre.

»was? noch auf überhaupt keiner messe?« sie habe gar nicht gewußt, daß es solche leute noch geben würde.

wie sie die hier beschreiben würde? »tja, wo fangen wir da an? da gibt es natürlich erst mal die hallen, die unterschiedlichen hallen, also halle eins bis halle neun und zehn, dazwischen gibt es die freßstände, es gibt die freßstände und den rolltreppenbereich, all diesen junkspace, den man an orten wie diesen hier braucht. also bereiche, die nicht eindeutigen funktionalitäten zugeordnet sind. es gibt die hallen, es gibt die hallen und die unterschiedlichen fachbereiche, die diesen hallen zugeordnet sind, es gibt den rolltreppenbereich und einen *escalator*

presseraum, es gibt mehrere konferenzräume, die man
hier so braucht für die begleitveranstaltungen, es gibt den
eingangsbereich.

ja, es gibt die rolltreppen und den übergang von halle
zwei zu halle vier, und es gibt sie, die traurige handy-telefonistin. – was? noch nicht gesehen?« also sie treffe die
andauernd an. andauernd komme die ihr unter, andauernd sehe sie die in einer ecke stehen, ihre handy-
elegie betreibend: den kopf geneigt, das eine ohr zuge-
halten, das andere ans gerät gepreßt, stehe die dann
unvermittelt vor einem da: »ja, ja, ja, ja.« wie zum mit-
schreiben hingeschneit auf irgendeinem flur, in irgendeinem übergang von halle zwei zu halle vier. »ja, ja, ja, ja.«
das werde dann weitergemacht bis zur erneuten beweglichkeit –

das sei eben der kalvarienberg fernmündlicher kommunikation, auf dem man sich nur langsam voranbewege:
lärmschulden bei der welt machen, die man ohnehin nie
wieder zurückzahlen könne! »das ist der kalvarienberg
fernmündlicher kommunikation, auf dem man sich nur
langsam voranbewegen kann, es sei denn, die richtung
stimmt.« und das sei nicht zu sagen, denn richtungen
hätten hier aufgehört, so himmelsrichtungen, »es gibt
nur noch messehimmelsrichtungen, es gibt nur noch
halle eins, zwei, drei und vier, und halle fünf bis neun,
und es gibt halle zehn, aber die ist ausgelagert. und alles
gibt es zweimal: oben und unten, und es gibt den sani-
tärbereich – anyway – sollen wir nicht mal eine runde
drehen?«

nicht?

man könnte zu den podien gehen, wo feudalderwische hofhielten und als dienstleistungsderwische abdrehten, etwas erzählten von ihrem dienstleistungsprogramm, das sie gleich abzögen, lasse man sie nur. »ja, es gibt die podien, auf denen dienstleistungsderwische abdrehen, es gibt die medienkarawane, und es gibt ihn, den spektakelmann, der hier wieder seine runde macht, zum x-ten mal kommt der heute vorbei und spektakelt sich durch die touristenmenge durch. ja, auch die touristenströme halten weiter an – dabei ist es eine fachmesse!« – habe auch sie sich gedacht, aber anscheinend entpuppten sich die meisten fachmessen heute als familienausflug –

»also es gibt den spektakelmann auf stelzen, es gibt die pornokrankenschwestern vom stand weiter hinten, und es gibt sie, die zwischenjungs vom stand gegenüber. was die machen? keine ahnung. es gibt die pornokrankenschwestern, jetzt am stand gegenüber, die halten sich für witzig, ja, die halten sich für ausgemacht. ›es gibt einen geschlechtsunterschied‹, scheinen die ständig zu sagen – ›und ob!‹ heftiges kopfnicken von seiten der männer gegenüber, den zwischenjungs, die halten sich für große klasse. ›es gibt einen geschlechtsunterschied, und wir machen mit!‹ aber in wirklichkeit gibt es ihn dann nicht. es gibt nur feudalderwische in schlecht sitzenden anzügen oben auf der bühne, es gibt den medientroß, die medienkarawanen, die durch die hallen ziehen. und es gibt sie, frau mertens, sie ist der leibhaftige kundenkontakt. ja, den muß es auch geben, den hat sie sich nicht alleine ausgedacht. in gewissen abständen schlägt sie die hände zusammen und sagt: ›so, das wäre jetzt auch ausgemacht, und jetzt will ich essen gehen!‹ was sie dann aber nie macht. nein, sie schickt immer mich zum essen holen« –

»schon mal aufgefallen, daß es mit der kulinarischen versorgung hier überhaupt nicht klappt? nicht? unglaublich, da steht ein freßstand an dem anderen, und keiner hat was vernünftiges!«

»aber wo fangen wir an?« da wären herr belting und mister rieder – minister rieder –, wären sie da, aber die seien im augenblick unterwegs. auch unterwegs »unser star«: den habe sie jetzt ganz vergessen, »unser star« mit seinem beweglichen gesicht, mit seinem gesicht und seinem sportportal, mit seinen halböffentlichen bewegungen, herbeiöffentlichen aussagen, die er so mache. nachts auf bbc könne man ihn treffen, morgens auf cnn, nachmittags auf ntv und abends in der ard. »ja, die ard gibt es auch noch und auch halle neun, es gibt verschiedene unwirklichkeitsgrade, die hier friedlich koexistieren. und so gäbe es auch herrn belting und minister rieder, wären sie da, aber die sind schon wieder unterwegs«, denn auch sie gebe es: die stundenslots, zu denen man sich verabrede, die termine, die in stundenslots passen müßten und das manchmal nicht schafften, die terminlichen konflikte, die dann daraus entstünden, aber ohne die gäbe es sie ja nicht. das sei ja auch teil ihres jobs, einen reibungslosen ablauf zu garantieren.

ja, da wären herr belting und minister rieder, und jetzt seien nur die key account managerin und der it-supporter da. und so eine redakteurin. die key account managerin und der it-supporter und die beiden berater von dieser consulting-firma, mit der sie momentan zusammenarbeiteten, auch die seien da. »und da ist sie auch schon wieder, ›unsere traurige handy-telefonistin‹, schon wieder steht sie da, wie sie an ihrem firmenhandy klebt, angefüllt mit beruflicher elektrizität, erstaunlich ungeeignet zum herausfönen der daten: ›ja, ja, ja, ja.‹ hört man sie schon wieder sagen, das wird dann weitergemacht bis zu ihrer erneuten beweglichkeit.« –

aber ob das wirklich das erste mal sei? sie könne das kaum glauben. sie habe praktisch ihre halbe kindheit hier verbracht. sicher, wenn man hier in der stadt wohne, bleibe einem auch nichts anderes übrig, da lande man eben schon auf der messe als kleines kind, sie meine jetzt nicht auf dieser, aber auf messen insgesamt. – »wie gesagt, hier gibt es ja auch volles programm.«

3. betrieb (die key account managerin und der it-supporter)

»es ist 16.30!« das werde man doch mal aussprechen dürfen – nein? dürfe man nicht? »ist gut.« sie rede schon von
was anderem weiter, sie rede gleich von anderen dingen
weiter, sie hätte sich nur gerne einen moment lang in
dem gedanken gesonnt, daß jetzt eben eine uhrzeit sei,
die traditionellerweise den späteren tageszeiten zuzuord-
nen wäre, auch wenn das hier nicht von bedeutung
scheine, auch wenn man hier auf alles pfeife: tageszeiten,
müdigkeiten, feierabend. sie habe schon verstanden, ja,
ja.

nein, sie werde jetzt nicht von den terminen sprechen, die
noch zu erledigen seien oder die sie erledigen hätte
sollen: den vormittagsterminen, den nachmittagstermi-
nen, nein, damit fange sie nicht an. »fang doch bloß nicht
wieder damit an!« wisse sie, daß von den anderen kommen werde, das habe sie oft genug feststellen können,

aber es entspreche nun mal der wahrheit, »daß jetzt 16.30 ist!« das möchte sie doch sagen dürfen, möchte sie schon mal anmerken dürfen, »aber wenn dem nicht so ist« – bitte!

*

noch einmal sage er: man könne nicht vorschlafen, das sei seine meinung. also, wenn man ihn fragen würde, dann müsse er sagen, praktisch ein ding der unmöglichkeit. der körper speichere schlaf nicht, er speichere alles mögliche, aber schlaf, das schaffe er nicht. man müsse sich eben nach anderen möglichkeiten umsehen –

– vielleicht ein nickerchen zwischendurch?
– oder der minutenschlaf!
– am bürotisch!
– oder schlafen in geparkten autos, auch schon gemacht: in tiefgaragen, in parkhäusern.
manche sagen ja, sie schliefen im stehen, doch das hat er noch nie gesehen –
– also sie hat sich angewöhnt, sich beim fliegen eine stunde killerschlaf zu holen. und wenn tage superheftig waren, hat sie sich manchmal in irgendein büro zurückgezogen und nur kurz zehn, fünfzehn minuten die augen zugemacht.
– jeder kennt das doch. man sagt dann: ich geh mal frische luft schnappen. in wirklichkeit geht man nur drei räume weiter, setzt sich auf einen leeren bürostuhl und knackt dann einfach mal zehn minuten weg.
– klar, wir sind alle nur menschen!
– aber sag das mal jemandem auf den kopf zu!

*

nein, sie werde sich nicht darüber aufregen, daß herr belting noch immer nicht zurück sei, sie werde es nachher nicht einmal erwähnen, wenn er wieder da sei, daß er einige termine hier schon wieder habe platzen lassen, sie werde sich auch nicht beschweren über mister rieder, der weiß gott wo wieder zugange sei, sie werde erst gar nicht reden von der abwesenheit der beiden, sie werde sich auch nicht beklagen, daß das mit dem telefonkontakt nicht klappe. nein, das mache sie alles nicht. sie werde hier auch nicht alles liegen und stehen lassen und sagen: »ich geh jetzt auf mittag«, denn sie müsse auch nicht um halb fünf uhr nachmittags noch auf mittag gehen. ja, sie wisse durchaus, sie könne immer noch die praktikantin zum essenholen schicken, »aber wer weiß, wo die sich wieder rumtreibt«.

*

er könne es nur wiederholen: nein, man könne nicht vorschlafen, das ginge nicht. auch wenn sie es nicht wahrhaben wolle, das funktioniere einfach nicht. genetischer defekt von anfang an sozusagen – keine ahnung! aber man müsse sich mal vorstellen, was da los wäre, wenn man es könnte, wenn man das entwickeln könnte, die fähigkeit, schlaf zu speichern. da wären die meisten doch nicht mehr zu halten. ganze kindheiten würden da investiert, nur um genügend schlaf für später zusammenzukratzen. oder wenn man schlaf übertragen könnte: so von einem menschen zum anderen, das wäre es doch, ganze schlafbanken würden da angelegt.
– so ein umgekehrtes koks!

22

– aber eigentlich ist er sich sicher, daß man das entwickeln wird –
– sie ist sich sicher, daß sie schon in irgendwelchen labors
daran arbeiten.

*

»wo waren wir stehengeblieben?« ach ja, sie erreiche
herrn belting im augenblick nicht, aber sie könne es
gerne noch einmal versuchen – nein? sie könne gerne was
für ihn notieren – ob man eine nachricht hinterlassen
wolle? nein? – »aber wo waren wir stehengeblieben?« ach
ja, wieviel sie am tag rede? sie wisse es auch nicht, das
könne sie jetzt beim besten willen nicht sagen. allein,
wenn sie darüber nachdenke, werde ihr schon anders
zumute. sie kenne sich ja als kommunikativen menschen,
so würde sie es jedenfalls bezeichnen, aber hier müsse sie
sich doch einmal korrigieren, denn manchmal werde es
auch ihr zuviel. manchmal, wenn der lärmpegel wieder
einmal alles erwartbare übersteige und sie sich nur noch
reden höre, dann könne sie sich nicht mehr in jene kate-
gorie einordnen, dann – »aber wo waren wir stehengeblieben? ach ja, sich reden hören, während man
spricht, so wird ein kundenkontakt eben gemacht!«

»man hört sich reden, während man spricht, und jemand
nickt mit. man hört sich reden, während man spricht,
und jemand grinst einem zu, das ist dann ein kollege, der
grinst einem von weiter hinten zu, und man denkt, man
hat diese sache jetzt abgehakt, aber man hört sich immer
noch reden, denn jemand sieht zu, daß man auch das
richtige macht, das wird dann der herr belting sein.«

23

nein, den erreiche sie im augenblick nicht, »aber
versuchen sie es doch in einer halben stunde wieder. sie
können auch gerne eine nachricht für ihn hinterlassen.
er ruft sie dann zurück.« – »aber wo waren wir stehengeblieben?« ja, das sei eben ihr job: telefonieren,
telefonieren, telefonieren. und kommunizieren, kommunizieren, kommunizieren. telefonisches abarbeiten,
meetings vorbereiten. und das sei eben die messe: durch-
deklinieren, wen man nicht erreichen könne, unerreich-
barkeitslisten entwickeln, die man am ende doch nicht
brauchen könne – »aber wo waren wir stehengeblieben?«

*

er habe eher den eindruck, man trainiere das grundsätzlich ab. er habe ja beobachtet, mit wie wenig schlaf die
kollegen auskämen, »da wird ja direkt ein wettbewerb
gemacht«. besonders auf projekten werde kaum noch
geschlafen, und auf messen? »fragen sie nicht!« das sei ja
schon ein außergewöhnlicher arbeitseinsatz, der da von
einem erwartet werde. das werde ja immer häufiger von
einem verlangt: daß man tage und nächte durcharbeiten
könne. daß man sich gar nicht mehr nach der uhrzeit
umdrehe, die schon dicht hinter einem stehe und jeden
moment über einem zusammenklappen könne –

– wo doch jeder weiß: nach einer durchwachten nacht ist
mit konzentration nichts mehr zu machen.
– also er hat das gefühl, seine konzentrationsfähigkeit
wird durch schlafentzug eher gesteigert.
– da hat er aber glück gehabt!

24

– ja, da hat er glück gehabt. er wird eben klarer im zu-
nehmenden wachzustand –
– aber lange durchhalten wird er das nicht!
– einige monate schafft er bestimmt.
– es ist wahr: sie wird es schon sehen.

*

wieder die da drüben, sie sagten: analysten von merril
lynch habe man vorbeigehen sehen, ja, ja – »ach, das war
vor jahren!« – »das war eben erst!« – »du träumst doch:
das war vor jahren!«
wieder die da drüben: »ach, was soll's, für uns interessiert
sich keiner mehr.« – na, ihm sei das egal, habe dann der
andere typ gesagt. – »bitte?« das glaube sie denen nicht.
wieder die da drüben. über die habe man sich hier schon
allerhand gedanken gemacht, was die wohl trieben, wer
die wohl noch finanziere, die zwischenjungs. »anscheinend keiner mehr!« die zwischenjungs, die man schon
in- und auswendig kenne, doch das sei ihnen ganz egal.
die übten da ihre 90er-jahre-geräusche aus – »aber das
sind doch gespräche!« hätten die dann gesagt, dabei sei
das der reinste glamourbefall. wie die an ihren genie-
bäumchen zappelten, aufgehängt am eigenen gesicht. das
habe man sich eben zu sehr zur gewohnheit gemacht,
und jetzt könnten die nicht mehr davon lassen. man
bleibe so lange, bis man durchkrache, und dann? new-
economy-schichten abkratzen vom eigenen leib? – nö,
am eigenen leib wolle man lieber nicht, »besser, man
nimmt andere her, besser, man stellt sich noch eine weile
gegenseitig vor und wartet ab«. »wir starten voll durch!«
sei jedenfalls vorbei. so säßen sie der reihe nach da, die

geniebürschchen, klackerten mit ihren kulis rum, während sie sich hier schon wieder reden höre –

– ja, sag einmal, das nimmt heute ja gar kein ende!
– ach, das ist es nicht.
– was dann?
– sie will ja mehr so ihr handy im see versenken – hat sie das schon gesagt? – ach ja –
– »in was für einen see?« hat er aber gefragt.
– »egal. in irgendeinen!« hat sie darauf erwidert.
– so kannst du es nicht anpacken, du mußt schon wissen, was du willst.
– nicht mit mir!
– »dann spring doch selber rein!« hat er daraufhin gesagt, es ist aber nichts passiert.

4. standards (der it-supporter)

also heute sei wirklich der tag, an dem alle was gratis mit nach hause nehmen wollten. er erkenne die privatbesucher schon an ihren suchenden blicken. »wo kann ich was abgreifen?« stehe dann groß geschrieben auf deren stirn. ansonsten erkenne man privatbesucher an ihren telekomtaschen – »oder ist dieses jahr nokia dran?« jedenfalls würden die gleich am eingang verteilt, »und dann geht's los!« in die werde alles reingepackt, was abzustauben sei. aber auch wirklich alles! sie nähmen ja selbst die prospekte mit, mit denen sie nichts anfangen könnten, nähmen den ganzen papiermüll mit, echt crazy, sage er jetzt mal.

aber im grunde seien sie selbst ja auch nicht viel besser. schon am ersten messetag beginne das spiel: gadgets tauschen! das spreche sich eben in windeseile rum, wer was wo habe. da heiße es mit einem mal: »am linuxstand«, da gebe es stofftiere, die hätten pinguine, und dann rase alles hin. wobei in diesem jahr linux nicht einmal dabei sei –

es seien ja viele nicht gekommen. viele der unternehmen, die standards gesetzt hätten, seien auf dieser messe erst gar nicht vertreten. sap sei nicht da, oracle sei nicht da, selbst linux habe im gegensatz zum letzten jahr auf präsenz verzichtet. hier seien ja hauptsächlich software-firmen vertreten, das mache ja den hauptanteil aus, man brauche nicht glauben, klassische unternehmensberatungen machten den hauptanteil aus, nein, die softwarefirmen seien es, aber das werde hier schnell vergessen. die maßgeblichen seien aber, wie gesagt, gar nicht da. warum? weil es für sie nicht mehr notwendig sei, auf messen aufzutreten. zumindest auf messen wie diesen, wo man nicht wisse, ob sie eine zukunft haben werden.

*

»it-supporter«, das wäre die korrekte bezeichnung, sehe man sich an, was er hier mache, nur mit dem unterschied, daß er eigentlich kein it-supporter sei, sondern dazu da, frau mertens dabei zu helfen, die it-produkte, die das unternehmen vertreibe, den interessierten menschen hier näherzubringen. also wie gesagt, er sei kein it-supporter und schon gar keiner, der einzig dazu da sei, die systeme hoch- und runterzufahren und die rechner zu synchronisieren. man habe sich nämlich gedacht, solange die software auf mehreren rechnern lokal liege, könne nichts passieren – aber wie man sehe, könne eine menge passieren. da habe man extra so ein fall-back-szenario gebaut und dieselbe software auf drei rechnern installiert, damit, wenn ein rechner mal zusammenbreche, immer noch die anderen vorhanden wären – aber wie man sehe, könne ein und dieselbe person auch drei rechner ruinieren. und dann könne man wieder von vorne anfangen und alles noch mal erklären, ja, nachher könne man ihnen immer alles doppelt erklären und sie hätten es immer noch nicht kapiert.

»ja, alles muß man ihnen dreimal erklären: wie die software funktioniert beispielsweise, so prinzipiell.« er habe direkt das gefühl, manchem hier müsse er noch erklären, was ein betriebssystem sei, was eine programmiersprache und was eine software. alles durchaus keine geheimnisse und durchaus kein geheimwissen. also er frage sich schon, wie das ganze hier funktionieren solle, wenn er nicht bereit wäre, immer und immer wieder einzuspringen. dabei müsse auch er sich erst einarbeiten. ja, auch er habe einiges zu tun, um die sache wieder zum laufen zu bringen. man solle ihm da bloß nicht zu viele programmierkenntnisse unterstellen, er sei mehr so ein schnittstellenkoordinator, nicht der programmierer in reinkultur. er sei froh, wenn er die funktionsweisen des hauseigenen content-management-systems verstehe. aber immer würden ihm diese programmierkenntnisse unterstellt und er stehe dann da und müsse ran.

*

»also ein content-management-system kauft man und programmiert das dann.« das koste ein schweinegeld, denn man müsse es aufwendig implementieren.

was für eines sie selbst hätten? das sei »storyserver« von »vignette«. man könne sagen, durchaus eines der größten produkte, die am markt seien. der mercedes

benz unter den content-management-systemen. jetzt sei
der markt eben besser für mittelklassewagen bzw. kleine
autos. weil die investitionsbereitschaft eben nur mehr in
mittelständischen betrieben vorhanden sei, wenn überhaupt.

ja, vom schweinegeld könne man durchaus sprechen, vom schweinegeld, das manche in der branche ver-
dienten, davon müsse man richtiggehend sprechen. er
sei ja nicht irgend so ein geldguru, der die leute über
glühende kohlen hetze und ihnen ungeheure gewinne
verspreche. »aber wenn du dich reinhängst und die richtige programmiersprache zum richtigen zeitpunkt be-
herrschst, dann kannst du schon ganz ordentlich verdienen. als normaler html-sklave verdienst du natürlich
nichts. logisch. und wenn du dich dann noch über agen-
turen vermitteln läßt, dann bist du bedient.«

anyway, mit content-management-systemen arbeiteten
die meisten großen firmen. das basiere eigentlich auf der
idee von trennung von form und inhalt bzw. von struktur
und inhalt. quasi eine dynamische datenanbindung, die
alles umfasse, das digitale herz eines unternehmens
sozusagen. als er ins unternehmen gekommen sei, habe
es ja noch gar kein richtiges gegeben, nur so was hand-
gestricktes, was hypertrophe auswüchse hatte. das sei
nicht mehr gegangen.

*

»ja, da werden ständig neue standards gesetzt.«

»du mußt einerseits immer up to date sein, andererseits läßt sich eben auch nicht alles integrieren von den alten programmstrukturen und formaten her.«

*

»ist doch logisch!« man müsse sich schon mal überlegen, wie ein unternehmen funktioniere, das sieben bis acht niederlassungen habe. da seien die unternehmensabläufe so komplex, »da brauchst du organisation. ist doch einleuchtend oder?« da könnten sich nicht alle persönlich absprechen wie in einer klitsche mit fünf personen. die meisten unternehmen hätten ja zwei stufen, aber es gebe ja einige unternehmen, die ganz wilde workflows haben, über sieben bis acht stufen. und da müßten die informationsflüsse eben geregelt werden.

aber der markt in deutschland sei mittlerweile eher dicht, zumindest für die größeren produkte, vignette habe sogar ihr deutschlandgeschäft ganz dichtgemacht, daran merke man, wie schlecht es laufe.

*

was die jungs gegenüber machten? also die jungs von gegenüber, womit die ihr geld machten, das würde er auch nicht verstehen. er nehme mal an, irgendein webtool hätten die schon entwickelt, irgendein webtool sei doch immer zur hand – ach, er wisse es nicht. die redeten mit einem ja nicht.

wieso? keine zeit, nehme er an. »obwohl zu tun haben die auch nicht viel.«

5. life-style (der senior associate)

wisse man doch: immer hübsch eine autoklasse unter
denen müsse man bleiben. auch bezüglich der anzüge
heiße es: aufgepaßt, nur nicht zu edel. am besten grau.
und dann einmal quer durch die landschaft damit:
banken, versicherungen, automobilhersteller, versor-
gungsunternehmen, baustoffe. aber von so einem yup-
pie-high-flyer-leben brauche ihm keiner was zu erzählen,
da könne ihm keiner was vormachen, das könne er auswendig runtersagen: den inhalt der minibar, die streifen
der tapete. er kenne das lächeln der rezeption, er kenne
die blicke der sechs-uhr-flieger, er kenne den kaffeeauto-
maten von lufthansa am flughafen und auch leysieffer.

wisse man doch: man müsse diesbezüglich den mund
halten, sich zumindest etwas zurückhalten mit der eigenen meinung. wisse man doch: was dürfe man sagen und
was nicht. und immer hübsch darauf achten, eine autoklasse drunter zu sein, sich nie allzu auffällig zu verhal-

ten, habe man ihm nicht lange sagen müssen, das verstehe sich von selbst. »und wenn jemand nur ja-nein-entscheidungen am tisch haben möchte, was machst du dann? wenn jemand nur noch ja-nein-entscheidungen am tisch haben möchte, dann wirst du ihm auch nur ja-nein-entscheidungen auf den tisch legen!« das verstehe sich von selbst, sonst habe man seinen job nicht gemacht.

*

die ersten beiden jahre sei man berater, d. h. er habe als summer associate angefangen, also praktisch als praktikant, dann weitergemacht als associate, sprich, als ganz normaler consultant – »ja, das ist schon eine ganz schöne show mit den bezeichnungen.« – jedenfalls sei er danach teamleiter geworden, und eine stufe drüber werde man dann partner wie herr gehringer, irgendwann mal. die organisation sei nämlich als partnerschaft aufgebaut, »und irgendwann läßt du dich zum partner wählen von den anderen partnern«, aber das sei schon die große hürde, eben der entscheidende karrieresprung. die meisten gingen aber schon nach zwei bis drei jahren, weil es ihnen reiche. weil sie in irgendeinem unternehmen, wo sie auf projekt gewesen seien, eine stelle angeboten bekommen hätten und lieber eine ruhige kugel schieben wollten.

*

»du wohnst als wg in einem appartementhotel, das ist so ein appartement, wo geputzt wird. du arbeitest sehr viel, weil du sowieso nichts anderes machen kannst, du hast hier ja keine sozialisation. du baust auch keine auf, weil du weißt, du bist in ein paar monaten wieder weg. und freitags landest du dann um halb elf in deiner stadt, dann schreibst du dein reporting am wochenende. und du machst auch deine reisekostenabrechnung, also noch mal acht stunden am wochenende.«

account deranged

müsse er zugeben: ein wenig geistesgestört seien die arbeitszeiten schon, das sei ihm klar, wenn einem die arbeit nicht über alles gehe, dann könne man das auch nicht machen. das verstünde sich von selbst. man mache ja locker 14 stunden, wenn nicht gar 16 oder mehr. und das sei natürlich ein riesenunterschied. gerade diese zwei stunden mehr, die einem von der freien zeit noch abge-knappst würden, die könnten sie einem irgendwann nicht mehr bezahlen. diese letzte stunde freizeit, die sie einem wegnähmen, die sei einfach die teuerste. müsse er zugeben: die wenigsten könnten so was auf dauer durch-halten.

*

also seine leistung überrasche ihn nicht, genausowenig wie seine leistungsfähigkeit. die habe er immer schon einkalkuliert, die wundere ihn nicht. daß er mehrere tage durcharbeiten könne, auch das wundere ihn nicht wirk-lich, das sei nicht interessant. seine leistungsfähigkeit sei für ihn nicht interessant, die sei ja auch immer schon vorher da, sozusagen, bevor er eintreffe in einer situation. spitzenleistungen seien für ihn das übliche, aber er er-warte auch von seinem gegenüber die absolute perfor-mance, er könne mit mitarbeitern nichts anfangen, die das nicht brächten.

top performance

die devise »schlafen kann ich, wenn ich tot bin« würde er jetzt nicht so direkt adaptieren, das habe man ja eher früher gesagt, »so mitte der neunziger war das die devise schlechthin«, zumindest in seiner generation. so mitte der neunziger habe man das auch noch sagen können. sicher, das hätte heute auch noch was brauchbares, aber damals habe man es eben praktiziert. und wenn er länger darüber nachdenke, müsse er schon sagen, das sei ja was erstaunliches, so seine generation. das müsse man sich mal vorstellen, was da in kürzester zeit an wissen akkumuliert worden sei und an erfahrung. ja, was mittzwanziger sich da schon reingezogen hätten an erfahrungswerten. die seien jetzt natürlich angeschlagen, aber wenn die sich erst einmal wieder erholt hätten, dann könnten die auf ganz anderem niveau loslegen.

nee, schlafen sei nicht schick, »das kommt nicht so gut«. wer schlafe, sei auch schlecht beraten, so als berater (*lacht*), man würde eben viel arbeiten, und man würde ja auch viel nachts arbeiten, »also wenn man um 18 uhr geht, kommt üblicherweise der spruch: ob man sich einen halben tag freigenommen habe?« das sei ein völlig normaler spruch. ja, er würde fast sagen, es herrsche da so eine art wettbewerb vor, so unter dem motto: wer hält am längsten durch?

er habe sich zeitweise runterdimensioniert auf drei stunden schlaf. das könne er eine ganze weile durchhalten, und wenn es sein müsse, sage er mal, könne er auch einige zeit praktisch ohne schlaf existieren. das ginge aber nur wenige tage gut. »tatsache ist, man kann diese dinge trainieren.« er kenne einen, der brauche konstant nur eine stunde schlaf am tag, also er müsse schon sagen, das bewundere er sehr. er finde es immer wieder erstaunlich, wozu der menschliche körper fähig sei. gerade, wenn man denkt, das sei jetzt ein standardbedürfnis, »ohne das geht es jetzt wirklich nicht. und man sieht: es geht doch«.

*

er habe in london gelebt, er habe in paris gelebt, er habe in san diego gelebt. er könne es sich gut vorstellen, in london zu leben. unter umständen paris. zu deutschland habe er eigentlich wenig affinität, aber als wirtschaftsraum sei es interessant.

*

das wolle er jedenfalls nicht mehr machen: durch irgendwelche pißdörfer fahren, wo man halt irgendwann mal ein großes werk hingestellt habe, und diese menschen sehen. durch pißdörfer fahren und menschen sehen und wissen, daß die ganze region abhänge von diesem kieswerk. oder diesem baustoffzulieferbetrieb. also manchmal habe er da den volkswirtschaftlichen exkurs gestartet, manchmal den rein moralischen. manchmal habe er sich gesagt: diese leute, die er jetzt da freisetze, die stünden letztlich auf seinem lohnstreifen, »ist ja logisch!« – über die steuern. und das mache nun auch wieder keinen sinn, so volkswirtschaftlich gedacht. aber letztendlich fahre man durch so pißdörfer und man sehe, wie trostlos es in vielen regionen sei.

»du denkst dir: meine güte, das kann doch gar nicht sein! und jetzt noch mal 100 leute! du weißt, ein gewisser prozentsatz, der geht in den vorruhestand. geschenkt. die meisten leute finden's nicht so furchtbar schlimm. also es ist nicht die absolute höchststrafe, nicht zu arbeiten. andere sind mobil, die finden was neues. aber es ist trotzdem nicht so leicht, einfach mal 300 leute rauszuschmeißen.«

so koche man die dinge für sich runter, so unter dem motto: der dreifache familienvater, der dann ohne lohn und brot dastehe, den gebe es ja doch eher nicht. oder zumindest relativ selten. man würde die ja auch nicht zu gesicht bekommen. sicher, es wäre schon schwieriger, wenn man es jedem einzelnen selber sagen müsse. aber letztendlich sei man ja auch dabei, die arbeitgeberfront zu bewaffnen, d. h. den taschenrechner rauszuholen, »und los geht's!« ja, letztendlich sei man eben dabei, der arbeitgeberfront genügend munition zu bieten, ordentliche kaliber wie dieses argument »tot oder leben«. das verstünden immer alle gleich, auch der betriebsrat. das sei immer das beste argument: also, wenn man gewisse maßnahmen nicht machte, dann müßten eben alle gehen.

*

nein, meist gingen die leute dann weniger aus moralischen gründen, sondern weil der life-style sie total ankotze: all das short-sleeping, quick-eating und diese ganzen nummern. und das hotelgeschlafe, das business-class-gefliege, das first-class-gewohne. irgendwann könne

37

man das alles nicht mehr sehen.

man könne die minibar nicht mehr sehen.

man könne die minibar nicht mehr sehen und die immergleichen gesichter an der rezeption.

auch die kästchen auf dem teppich, die habe man schon durchgezählt.

und fliegen wie busfahren, das könne man auch nicht mehr haben.

aber auch diese ewige wachstumslogik, die man irgendwann gegen sich selbst anwende.

*

»zitiere mich ja richtig!«

»was? das kannst du nicht?«

»und was kannst du sonst nicht?«

6. gestern (der it-supporter und die key account managerin)

– aber haben sie gestern die ganze zeit über den verkauf geredet?
– er erinnert sich nicht mehr –
– doch doch! verkaufszahlen wie verkaufsbuchstaben haben sie da zusammengezählt, zusammengerechnet –
– das hat man gestern noch zusammengebracht, heute geht da schon gar nichts mehr.
– sie können nicht die ganze zeit über den verkauf gesprochen haben, da war doch noch was anderes, aber sie erinnert sich auch nicht mehr.

messe als ständiger aufenthaltsort ginge eben nicht. irgendwann müsse man doch einmal raus, irgendwann müsse man doch einmal frischluft schnappen gehen oder einfach unter normale menschen. doch so einfach sei das gar nicht, denn bis man sich hier mal rausgekämpft habe, dauere es seine zeit, und dann befinde man sich noch längst nicht in der stadt. erst ca. 1 km entfernt von hier, würde sie mal schätzen, beginne das mit den normalen menschen. erst ca. 1 km entfernt von hier, würde sie mal sagen, beginne das mit der normalen stadt. und alleine frische luft schnappen zu gehen reiche eben bei weitem nicht aus.

– aber haben sie gestern wirklich die ganze zeit über den verkauf geredet?
– tja, leute mit gedächtnis müßte es geben! leute mit gedächtnis.

»die gibt's hier aber nicht«, hier sei man im prinzip ziemlich gedächtnislos. sie zum beispiel vergesse ja so ziemlich alles, was einen fünfminütigen rahmen über-steige. sie sage dann im scherz immer »alzheimer«, »ach, mein alzheimer«, aber in echt wisse sie nicht, was es sei, daß ihre gedächtnisleistung so nachlasse. in echt mache sie sich schon so gedanken und fände es langsam nicht mehr witzig. sie meine, wie solle es weitergehen, wenn ihr jetzt schon die einfachsten namen nicht mehr einfielen, wenn sie sich jetzt schon nach fünf minuten nicht mehr erinnere, was sie eben noch verabredet habe. und wenn sie sich nicht alles aufschreiben würde, würde sie bald dumm dastehen. sie sei ja schon froh, wenn sie wenigstens die wichtigsten zahlen und namen im kopf behalte.

– aber haben sie gestern wirklich die ganze zeit über den verkauf geredet? das kann doch nicht sein, da müssen doch auch ein paar andere geschichten dabeigewesen sein? nein? – tja, so sind die zeiten! man spürt es eben doch!

40

– man hat sich nur immer in dem ewigen beraterwitz
aufgehalten. ja, in dem steuerberater-, in dem wirt-
schaftsprüfer- und dem unternehmensberaterwitz, da
hat man sich eine ganze weile aufgehalten –
– in dem steuerberater-, in dem wirtschaftsprüfer- und
dem unternehmensberaterwitz hat man sich eine ganze
weile aufgehalten und sich möglicherweise ganz langsam
voranbewegt? nein? keinen zentimeter ist man voran-
gekommen? – tja, so sind die zeiten!
– was, den kennen sie nicht?

*

– erst letztens haben sie darüber gelacht.

*

überhaupt müsse sie erst einmal in der gegenwart ankommen, »bevor wir weiterreden!« habe er ihr gesagt. das
habe sie sich aber nicht gefallen lassen: wer alles in der
gegenwart ankommen müsse, bevor sie da ankomme,
habe sie ihm geantwortet. da kenne sie einige leute hier,
die das machen müßten, sie habe auch schon eine liste
zusammengestellt, die er sich gerne mal ansehen könne,
wenn er wolle, sein name sei mit sicherheit auch dabei. er
habe aber nicht wollen, er habe nur gesagt: »und was ist
mit denen?« habe er plötzlich gesagt, und sie habe gefragt: »mit wem?« und er habe geantwortet: »na, all die
leute, die aus der entwicklung kommen, die laufen hier
jetzt wohl auch schon rum auf arbeitssuche.« er habe die
gleich für russische programmierer gehalten – »typisch!
der ist unfähig sich vorzustellen, daß es den hiesigen auch
so gehen könnte.«

*

– jetzt hat es also auch schon die programmierer erwischt, wie?
– welche programmierer?
– russische programmierer, sagt er jetzt mal.
– wieso um himmels willen müssen es schon wieder
russische programmierer sein?
– also, er will im gegensatz zu ihr keinen abgesang
anstimmen –
– wer stimmt hier einen abgesang an?
– er hat jedenfalls keine lust auf so weltuntergangsszena-
rien.

»brrrt, der mckinsey-king geht wieder einmal über die
flure, brrrt«, da schüttele es sie, da spürte man doch
gleich, »der macht aus allen fluren gleich mckinsey-flure,
schneller, als man schauen kann«, seien sie alle in dem
mckinsey-ding drin. alle stünden sie da und schüttelten
sich, bis sie an der reihe wären, man könnte direkt vermuten, sie stellten sich darum an. kaninchen vor der
schlange, sage sie mal, heute wieder ein beliebtes modell.

*

»frage: wird man dabei gefilmt?« – »antwort: ja, man wird
dabei gefilmt. man wird jetzt immer gefilmt, das ist jetzt
so.« überall seien hier ja auch kameras justiert, alle sor-
ten von kameras. die hätten die szenerie mehrfach im
griff. zumindest, was die optik anbelange. die akustik, das
schafften sie nicht so leicht. da bräuchten sie richtmikro-
phone, um aus dem ganzen stimmengewirr, dem handy-

lärm, dem summen, das über allem liege, diesem seltsamen elektrosummen, gerätesummen, lichtsummen,
irgend etwas erkennbares rauszufiltern. »aber von den
kameras her: da könnte man schon paranoia kriegen,
wenn man sieht, wo die überall auftauchen.«

aber: »frage: wird man dabei gefilmt?« – »antwort: die
antwort wissen wir alle schon! und wir haben uns längst
gut in ihr eingelebt.« er aber nicht, er habe seinen wohn-
sitz woanders aufgebaut, er sei nämlich im gegensatz zu
vielen hier an datenschutz interessiert, er möchte nach
wie vor wissen, was mit seinen daten passiere, auch wenn
sie jetzt sage, das liege längst nicht mehr in der eigenen
hand, was man von sich preisgebe. auch wenn sie jetzt
sage, man könnte ohnehin wege verfolgen über kreditkarten, über anrufe, über die internetnutzung, auch
wenn sie jetzt sage, da würden ständig informationen von
einem abgezockt, und man merkte es nicht, würde er
doch gerne wissen, was mit seinen daten geschehe. denn
am ende wunderten sich dann alle doch, er aber wundere
sich dann mit sicherheit nicht.

– ob er jetzt allen ernstes vorträge über datenschutz halten will.
– ob er nicht sehen kann, daß das hier im augenblick niemand interessiert.
– und sie? will sie wieder vorträge über ihre verlagsvergangenheit beginnen? will sie jetzt wieder den mckinsey-
krieg erklären?

*

»ja, der mckinsey-king geht wieder um: da ist man natürlich geadelt, wenn so einer mit einem spricht – da bist du
natürlich perfekt situiert, da kann dir praktisch nichts
mehr passieren. aber aufgepaßt: so adelungsprozesse
können von kurzer dauer sein, da kann man schnell
abstürzen«, sage sie nur. ja, auch sie habe sich gedacht,
sie hätte es geschafft. schließlich sei sie ja noch durch
ganz andere adelungsprozesse gegangen, und daneben
habe sie noch ganz andere dinge gemacht.

   beispielsweise über seine kinderstimme hinweg-
sehen, das habe sie gemacht. der habe ja immer nur mit
seiner kinderstimme geredet, eine andere habe der gar
nicht zur verfügung gehabt. »was für eine kinderstimme!« habe sie sich gedacht, als sie diesen ein-meter-
neunzig-mann vor sich stehen gehabt habe, und das habe
ihr unbehagen verursacht. sie habe aber lernen müssen,
über diese kinderstimme hinwegzuhören, und habe sich
eingeredet, der werde schon erwachsen sein, wenn es darauf ankomme, auch wenn es sich anders anhören möge.
das gegenteil sei dann der fall gewesen: er sei allen kon-
flikten ausgewichen, habe alles über hierarchien geregelt
und sei auch sonst ein ziemlicher graus gewesen, was
zusammenarbeit betroffen habe. so eine kinderstimme
komme ja woher, so eine kinderstimme lege man sich ja
nicht umsonst zu, könne sie heute nur sagen, damals aber
habe er sie mit seiner kinderstimme nur einfach mehr
oder weniger über den haufen gerannt.

dabei habe er immer nur gesagt: »das ist grundkenntnis.«
das habe er eigentlich dauernd gesagt, um dann wieder

weiter über lebenszyklen von produkten zu sprechen.
über naturgesetze des marktes, die er immer wieder abgeschlossen habe mit der feststellung, daß das grundkenntnis sei und daß hier wohl ein grundkurs in bwl abzu-
halten sei.

*

– und jetzt? muß vielleicht jetzt hier jemand einen
grundkurs in bwl absolvieren, oder warum sonst ist der
da?
– ja, jemand muß. jemand muß jetzt einen grundkurs
absolvieren.
– ach so ein grundkurs in bwl muß immer wieder absol-
viert werden. der verliert sonst seine gültigkeit.
– wie geht der vonstatten?

– ach, was soll man sagen – sehen sie es mal so an: jemand ist dabei, eine ist-aufnahme zu machen.
– jemand hat ein problem: in seiner organisation
knirscht es, der gewinn ist im keller.
– jemand kennt seinen markt nicht gut genug, er hat zu
wenig information, in welche richtung er sich entwickeln
soll. was braucht er?
– er braucht einen kinderkreuzzug!
– er braucht einen kinderkreuzzug. richtig. was wird er
also machen?
– er ruft den mckinsey-king. so hat man früher jedenfalls
gesagt.

7. der mckinseyking (die key account managerin)

– es gibt die natur-mckinseys und die kunst-mckinseys, und die einen sind schrecklicher als die anderen.
– heißt es –
– es gibt die natur-mckinseys und die kunst-mckinseys, und mit beiden möchte sie nichts mehr zu tun haben.

hochausgebildete idioten mit dauerdiplom in der tasche und null lebenserfahrung und null erfahrung mit realen betrieblichen strukturen, die nur mit einem zusammenarbeiteten, um ideen abzuziehen. sie habe ja kein großprojekt erlebt, wo die nicht irgendwie die finger mit ihm spiel gehabt hätten. – »haben das nicht alle gesagt: ›so einen kinderkreuzzug holst du dir ins haus, das ist doch bekannt, so einen kinderkreuzzug?‹« das hätten sie ja alle gesagt, und jetzt sage man es nicht mehr, weil man sich den kinderkreuzzug auch nicht mehr ins haus hole, man mache lieber andere dinge. sich konsolidieren beispielsweise oder vernünftige beratungen engagieren –

»das ist jetzt aber nicht zur veröffentlichung gedacht, ja?«
(*lacht*) – »nein, im ernst«: sie nehme da kein blatt vor den
mund. sie habe da ja durchaus ihre erfahrungen.

»ach, mckinsey ist sowieso eine religion«, die könne man
nicht ernst nehmen, werde schnell gesagt, aber wenn man
einmal so direkt mit denen konfrontiert sei, müsse man
sie eben ernst nehmen, könne sie dem nur entgegen-
setzen. sie habe ja durchaus ihre eigenen erfahrungen
gemacht. sie habe ja noch gut in erinnerung, wie sie mit
denen zum ersten mal in berührung gekommen sei. sie
habe ja noch gut in erinnerung, wie in ihrem alten verlag
die panik ausgebrochen sei, weil es geheißen habe: »die
kommen zu uns!« sie habe die ja nur vom hörensagen
gekannt, und man habe sich erzählt, daß da mit psy-
chotricks gearbeitet würde, daß da mit mobbingstruk-
turen zu rechnen wäre und einem rotstift, der alles
zusammenstreiche, was nicht einer direkten wirtschaft-
lichkeit entspreche, die wiederum auf dieses gewerbe
nicht ganz so anzuwenden wäre. jedenfalls: »das kostet
uns kopf und kragen!« hätten sie gesagt und hätten recht
behalten, wie bald zu sehen gewesen sei, zumindest, was
sie betroffen habe.

ein skandal die ganze angelegenheit, habe sie nämlich
bald schon gesagt, man habe ihr aber die aufregung nicht
geglaubt, man habe sie ihr nicht abgenommen, zumindest nicht von seiten ihrer vorgesetzten, und dann habe
man ihr gesagt: sie komme mit ihrer aufgeregtheit zu
spät, das habe man ihr gesagt, sie solle sie woanders
anbringen oder für sich behalten, hier sei sie fehl am

platz. »trotzdem: 5000 dm«, habe sie immer nur gesagt, wisse sie noch, »die bekommen 5000 dm am tag!« sei sie damals entsetzt gewesen über diese 5000 dm, die ein jeder mitarbeiter koste. heute wisse sie, da brauche es so einiges mehr als 5000 dm pro tag, damals habe sie aber immer wieder gesagt: »5000 dm!« – »5000 dm!« habe sie auch zu ihrem abteilungsleiter gesagt, denn sie habe ihn für einen guten kontakt gehalten, doch der habe sie gar nicht verstanden, der habe erst gar nicht zugehört. und dann habe sie nur gelacht, doch auch ihr lachen sei mißverstanden worden. sie solle jetzt bloß nicht hyster-isch werden, habe man zu ihr gesagt, und sie sei einen augenblick lang starr dagestanden. ein wenig später habe man ihr die einvernehmliche kündigung vorgeschlagen und sie dann rausbegleitet.

natürlich nicht ohne zu wiederholen: gegen verkaufs-zahlen lasse sich eben nicht anargumentieren und auch nicht gegen notwendige veränderungen in der unterneh-mensstruktur. doch sie habe gar nicht gegen verkaufs-zahlen anargumentieren wollen, und auch nicht gegen eine unternehmensstruktur, und so habe sie ihren ab-teilungsleiter nur so angesehen und habe es plötzlich kapiert.
draußen sei sie dann auf den typen von der beratung gestoßen, der habe mit ihr ein gespräch angefangen und sei dann gleich auf eine persönliche ebene gewechselt, was ihr komisch vorgekommen sei. er habe begonnen, über ihre zukunft zu reden, habe sie gefragt, was sie denn nun vorhabe? sie habe aber noch immer nicht gewußt, wie mit der situation umzugehen sei, und habe nur

weiter geschwiegen, d. h. sie habe »na ja« gesagt, aber das schien ihm zu genügen, und das würde sie im nachhinein schon ärgern, daß sie in der situation keine adäquate reaktion gebracht habe, aber da sei nunmal kein verlaß auf einen selbst. nachher wisse man immer bescheid.

*

nein, überidentifikation würde sie sich jetzt nicht vorwerfen, schon gar nicht so im nachhinein. sie habe nur etwas mitgedacht, sie habe nur etwas mitgefiebert, wie man das so mache. ihr würde eben prinzipiell daran was liegen, daß die dinge gut liefen, die sie so mache. »also, daß das nicht totaler unsinn ist, was man anstellt in seinem arbeitsleben, daß es, wie man heute immer wieder sagt: ›sinn macht‹.« auch wenn strenggenommen kein sinn zu machen sei auf dieser welt. und normalerweise habe auch niemand was dagegen, daß man sich übermäßig engagiere, solange der eigene ansatz mit den interessen des vorstandes konvergiere. wohlgemerkt nicht der firma, sondern des vorstandes. wenn nicht, dann heiße es schnell »überidentifikation«, dann werde alles in eine betriebswirtschaftliche richtung gedreht, die es vorher so nicht gegeben habe und die sich von einem wegbewege in rasender geschwindigkeit. da würden argumentationsstränge entdeckt, denen man durchaus folgen könne, nur führten sie in abseitiges gebiet und einem selbst werde dann gesagt, daß man keine ahnung habe von harter bwl. ja, darauf ziehe sich dann alles zurück: auf die ahnung von harter bwl.

sie habe aber durchaus ahnung gehabt von harter bwl, habe sie wiederum auch zu diesem typen gesagt, und der

49

habe sie ein zweites mal gefragt, was sie denn jetzt so vorhabe, was sie sich so vorstelle, wie es mit ihr weitergehen könne. und letztendlich, ja das müsse sie sagen, habe dieses gespräch dann dazu geführt, daß sie in diesem unternehmen hier gelandet sei.

natürlich sei das ein wenig absurd, daß ausgerechnet sie in so einem verwandten unternehmen gelandet sei, wobei sie sagen müsse, daß es sich bei ihnen doch um einen ganz anderen ansatz handle als bei denen – aber im grunde – ja, sie wisse es selbst, sei es doch absurd. »identifikation mit dem aggressor?« nein, sie glaube nicht.

*

was dann passiert sei? der mckinsey-king jedenfalls sei noch eine weile in ihrem alten verlag geblieben, wie sie erfahren habe, da mußten dann noch einige andere gehen, und irgendwann sei er dann verschwunden, aber den schwarzen peter davontragen wolle so einer wie der nicht, wisse sie, nein, den schwarzen peter der branche, der verlaufe niemals über dessen gesicht, nein, den bügeln dann immer schon andere weg. aber was solle man auch sagen: »ist man erst mal in dieser logik drin, ist ja auch kein verantwortlicher mehr auszumachen.«

trotzdem bleibe sie dabei: ein skandal die ganze angelegenheit, zumindest, was ihren alten verlag betreffe, weil, es habe sich ja dann herausgestellt, »sie haben es gar nicht umgesetzt!« sie hätten das strategiepapier der beratung aus diesen und jenen gründen nicht umsetzen können, habe es dann geheißen, da sei ihr dann die luft weg-

geblieben. da sei ihr ernstlich die luft weggeblieben, als sie
das gehört habe. heute wisse sie: die meisten unternehmen setzten das nicht um. die meisten unternehmen,
die sie betrete, hätten schon so ein strategiepapier auf
dem tisch liegen, das man erst einmal entsorgen müsse.
warum? weil es nicht umsetzbar sei.

*

warum sie soviel besser seien?
»das liegt daran, daß wir keine reine strategieberatung
machen, sondern uns eben auch um die umsetzung
kümmern.«
»das liegt daran, daß wir mehr von der technischen seite
kommen, von der implementierung« –
»das liegt daran: wir sind ein vielgestaltiges unternehmen.«
sicher, auch sie müßten manchmal die empfehlung geben, leute zu entlassen. sicher, auch sie gingen genauso
mit dem rotstift durch die bilanzen, aber immer würden
sie mit dem kunden bis zum ende gehen, ja, sie behaupteten von sich, »end to end« zu machen.

*

der senior associate (unterbricht): »aber jetzt mal im
ernst«: mckinsey würde das auch längst machen. also die
zeiten seien ja vorbei, daß ein herr mckinsey sich von
einem herrn a.t. kearny getrennt habe, weil der herr
kearny mehr die implemen-tierungsebene gesucht habe,
und der herr mckinsey gesagt habe: ›wir bleiben eine
reine strategieberatung, die umsetzung müsse letztlich
durch die firmen erfolgen.‹«

ja, das sei irgendwann mal wirklich ein glaubenskrieg gewesen, der heute im prinzip dadurch gelöst sei, daß keine beratung es sich mehr leisten könne zu sagen: »wir sind die reinen abgehobenen strategiemenschen.«

die key account managerin (unterbricht): aber umgekehrt könnten es sich die wenigsten unternehmen leisten, ganze implementierungen zu finanzieren, die wenigsten könnten sich eine derart langfristige beratung leisten, die holten sich auch nur kleine teams ins unternehmen, was oft nicht den gewünschten erfolg brächte. sie sage nur: »da haben wir das ganze dilemma«, so wie sie das sehe.

*

trotzdem: »warum wir soviel besser sind?« da komme auch noch ihr vierter geschäftsbereich »kommunikation« bzw. der focus »social networking« hinzu. weil das natürlich für unternehmen sehr entscheidend sei – die frage »wie kommuniziere ich nach außen, wie kommuniziere ich nach innen«, und da hätten sie einige tools entwickelt, mit denen man das feststellen könne. wie man durch strukturierte fragetechniken quantifizierbare info, aber auch qualitative gewinnen könne. wie man vertrauen herstellen könne.

nobody trusts eachother, how do we create trust.

trotzdem: dem mckinsey-king gehe sie seither aus dem weg, immer noch, den würde sie nicht noch einmal treffen wollen, nicht wirklich, meine sie, weil unterkommen würde der einem dauernd. der verlaufe ja über viele gesichter und bleibe niemals hängen in ihnen – aber letztendlich müsse man bemerken, es seien die gesichter, die dann verschwänden, nicht das, was besitz genommen habe von ihnen – »nennen sie es aberglauben! nennen sie es verrückt.« aber das sei ja auch nicht ein spezifischer mensch, sondern mehr so ein bestimmter typ, der herauskommen könne in diesem gewerbe, jemand, der eben schon zu lange dabei sei und der alle macht auf sich ziehen könne – einer, mit dem man im grunde nicht arbeiten könne, weil er immer schon am arbeiten sei, und zwar gegen einen. »da können meine kollegen weiß gott was erzählen von einem gemeinsamen arbeitsgang, vom weg mit dem kunden.« so einen werde es immer geben!

»aber daß sie mich da nicht in schwierigkeiten bringen!«
»stimmt! wirkliche namen habe ich ja gar keine gesagt.«
»aber daß sie mir das nicht zu genau zitieren, ja?«
sie meine so eins zu eins.

8. harte bwl (der partner und der senior associate)

der partner: »ach, wohin man blickt: schlechtes management! überall managementkrisen, mangel an durchblick,
mangel an managementvermögen. doch andererseits:
wenn es dieses mißmanagement nicht gäbe, bräuchte es
unsereins auch gar nicht.« natürlich würde man immer
den schwarzen peter davontragen, das sei ja teil seines
jobs, den schwarzen peter davonzutragen, d. h. ihn möglichst weit weg vom vorstand zu tragen und den verant-
wortlichen zu mimen, den, der die maßnahmen legitimiere. den, der nicht nur die argumentationen liefere,
sondern diese auch legitimiere durch die bloße anwesen-
heit. er wisse, das sei schon ein wenig absurd, aber das
würde auch bei ihnen nicht anders laufen. auch sie als
unternehmensberater würden sich externe unternehmensberater ins haus holen, wenn beispielsweise entlassungen anstünden. aber andererseits gehe es ja nicht
immer gleich automatisch um entlassungen, wenn man
sich unternehmensberater hole, das möchte er schon

einmal sagen. es gehe schon auch um andere dinge. beispielsweise schlechtes management.

ja, schlechtes management, darauf stütze sich unsere wirtschaft, sei er fast schon versucht zu sagen, und warum solle man es auch nicht sagen. wohin er auch blicke: scheiternde fusionen, pleiten, mißwirtschaft. und er müsse schon sagen: interessen regierten das land. es ginge meist nicht um die firmen, sondern um besitzstandswahrung, um machterhalt bzw. machtzuwachs. und wenn jetzt da die rede sei von harter bwl, dann könne er nur lachen – nein, sie solle jetzt nichts sagen, er wisse schon, sie spreche auch nicht von harter bwl, aber er spreche nicht nur nicht von harter bwl, er spreche von negativer bwl, und die finde er nun wirklich interessant.
er habe ja schon so manchen vorstand gesehen, wie der um seine interessen gebangt habe, er habe schon so manches politikum erlebt, aber das alleine sei gar nicht so interessant. interessant sei vielmehr, warum etwas nicht klappe, selbst wenn man es nicht so einfach aus einem spezifischen interesse erklären könne, selbst wenn alle vorzeichen positiv stünden. er bringe da gerne das beispiel fusionen. warum gingen beinahe alle fusionen schief? nach einer fusion komme man grundsätzlich in depressive organisationen, d.h. er komme in eine depressive organisation rein, die er beraten solle, und begegne dort menschen, die von »unterschiedlichen unternehmenskulturen« redeten, weil sie nicht wüßten, wie sie sich sonst die situation erklären sollten. denen sage er jetzt nicht: wenn von »unterschiedlichen unternehmenskulturen« die rede sei, dann sei alles im argen, so was

denke er nur, aber es stimme: wenn von »unterschiedlichen unternehmenskulturen« die rede sei, habe man
in wirklichkeit so gar keine ahnung, wie vorzugehen
wäre. man spreche von »unterschiedlichen unternehmenskulturen«, weil niemand genau sagen könne, was
das sei, und deswegen alles in diesem erklärungsmodell
untergebracht werden könne. »unterschiedliche unternehmenskulturen« seien genauso wie »harte bwl« schi-
mären, aber so was behalte man, wie gesagt, besser für
sich und sehe sich lieber genauer die problemlage an.
»natürlich gibt es zahlen und fakten, natürlich gibt es
irgendwo einen betriebswirtschaftlichen hintergrund«,
aber bis man »harte bwl« wieder vorfinden könne, müsse
man schon eine weile graben.

*

also zunächst würde er sich erst mal ums klima kümmern. er mache sich meist erst so ein stimmungsbild. er
habe ja immer dialoge mitgekriegt. ja, er könne eines
sagen: auch wenn ein auftrag noch so stressig sei, für
dialoge müsse immer zeit sein. dialoge im treppenhaus,
dialoge in der etagenküche, im fahrstuhl und eben in
taxen. letztere habe er aber meist selbst geführt (*lacht*),
auf dem weg zu einem unternehmen, um rauszufinden,
wie die stimmung da wäre – »du kannst nicht einfach mit
dem vorstand reden und glauben, die erzählen dir was.
oder daß die dir alles erzählen. du mußt dich schon ein
wenig nach dem betriebsklima umsehen. zumindest
zunächst.« und deswegen höre er sich erst mal taxifahrer
an. ja, gespräche mit dem taxifahrer auf dem weg zu
siemens, gespräche mit dem taxifahrer zu mannesmann,

gespräche mit dem taxifahrer zu daimler-benz, damit fange er an. und was höre er dann? meist fingen die von alleine zu erzählen an, daß die stimmung absolut nicht rosig sei. dann hake man ein wenig nach, erfahre möglicherweise, daß im unternehmen leute aus und ein gingen, die man nicht kenne, daß man durchaus schon wisse, daß eine fusion bevorstehe. und daß man sich uninformiert fühle, vielleicht deswegen auch unmotivierter sei. das erfahre man dann aber schon eher auf den etagen. doch zuerst fange er mit den taxifahrern an. ja, dafür müsse immer zeit sein: für gespräche mit taxifahrern, die tagaus, tagein menschen zu den firmen brächten, denn die hörten sich meist die gespräche ihrer fahrgäste an.

und überhaupt gebe es dinge, die wisse man besser, wie zum beispiel, daß die sekretärin ein verhältnis mit dem abteilungsleiter habe oder daß die abteilungsleiterin ein verhältnis mit einem aufsichtsratsmitglied habe und man sich erst gar nicht zu wundern brauche, daß die trotz inkompetenz in jener position sei. daß der dortige it-chef alkoholiker sei oder die pr-leiterin schwierigkeiten mit dem übrigen team habe. das seien so informationen, die hole man sich aus nebenbemerkungen raus, aus kleinen gesprächen in lobbies, in den aufzügen oder in der kaffeeküche. ja, nebenbemerkungen, auf die schwöre er.

*

nein, er führe keine fragebögenaktionen durch. natürlich gehe es oftmals darum, daten zu erheben, zumal es sich ja meist um komplexe organisationen handle, aber so was mache er schon lange nicht mehr, da habe er seine mitarbeiter für, er setze mehr aufs persönliche gespräch. also wenn man mit subtilen stimmungen zu tun habe, mit unangenehmen fragestellungen, dann seien fragebögenaktionen eben fehl am platz und brächten nur ängste auf, die absolut nicht notwendig seien. oder e-mailaktionen, die wirkten in solchen belangen immer etwas überinstrumentiert – aber diesbezüglich: nein. diesbezüglich müsse er sagen, sei es der persönliche kontakt, das persönliche gespräch, das er für entscheidend halte, und er habe damit immer auch erfolg gehabt.

*

der senior associate: also zunächst mal müsse er sagen, so grundsätzlich hätten die einen mordsrespekt vor einem, wenn man in so ein unternehmen komme. auf jeden fall. er würde jetzt nicht so weit gehen und sagen, daß das ein angstverhältnis sei oder so. aber man habe eben das stärkste argument in der hand. die wüßten nämlich, wenn sie nicht mit einem zusammenarbeiteten, dann bekämen sie selber probleme. »die müssen einfach ihren arsch retten, und das können die keinesfalls gegen uns.« das sei oberste beraterweisheit.
umgekehrt müsse man mit denen aber immer auf einer augenhöhe diskutieren können, »sonst fährst du die sache schnell gegen die wand«. das habe er auch seinem team eingeschärft, und sein team habe sich wohl auch immer dran gehalten. »sonst wird dein projekt sabotiert, wenn dein team nicht auf augenhöhe diskutieren kann.«

natürlich sei er schon angebrüllt worden, drei stunden lang angebrüllt von so einem vorstandsmitglied. das sei auf einem seiner ersten projekte gewesen, wo es um die komplette neuorganisation des einkaufs ging. und da sei dieses vorstandsmitglied eben abteilungsleiter gewesen.

»na, im prinzip war die sache klar: er sollte abgesägt werden«. d.h. man habe dieses vorstandsmitglied loswerden wollen und das ziemlich aufwendig über die neuorganisation des bereiches durchgeführt. man habe die eben benutzt, um dieses vorstandsmitglied loszuwerden. doch der habe das nicht kapiert. oder er habe es nicht wollen. totale betriebsblindheit. sozusagen sonnenfinsternis. alle hätten das gewußt, nur der nicht. das habe er dem natürlich auch nicht so einfach sagen können, aus politischen fragen habe man sich eben grundsätzlich rauszuhalten. »also wenn du nicht in totale schwierigkeiten kommen möchtest, dann hältst du dich da besser raus.« auch eine oberste beraterweisheit.

und so sei er tagelang mit ihm um die problemlagen herumgeeiert, bis der plötzlich verstanden habe, daß er selbst das eigentliche problem gewesen sei. und dann habe der ihn erst mal volle drei stunden angebrüllt. »und das mußt du erst mal aushalten: von so einem typen drei volle stunden angebrüllt zu werden!« das sei nicht so ohne, von so einem fünfzigjährigen vorstandsmitglied angebrüllt zu werden, jemand mit 30 jahren berufserfahrung. »und da kommst du da als grünschnabel rein und erklärst einem gestandenen vorstandsmitglied, wie der hase rennt.« das müsse man sich einmal vorstellen: »du und deine truppe, ihr habt irgendwie zusammen 2000 jahre berufserfahrung, und dann kommen die rein und sind gerade mal ein jahr da oder zwei und erzählen dir, was ihr zu tun und zu lassen habt.« deswegen sage er sich immer: schön hübsch auf einer augenhöhe diskutieren! schön hübsch sich klarmachen, daß einem in so einem abteilungsleiter eine menge knowhow und erfahrung gegenüberstehen! und vor allem: bloß nichts persönlich nehmen, was einem da so entgegenknalle.

9. pleiten ~~bankrupcy~~

– wieder die da drüben: und immer dasselbe kekssorti-ment hat man gesehen, immer diese delacre-mischung. und immer unter strom ist man gestanden. und immer in der selbstdarstellung hat man sich befunden, und immer ist man sich gegenseitig im vorstand gesessen.
– wieder die da drüben: alleine, wo kommt das geld jetzt herein? sitzen sie wieder rum und grinsen sich eins, die startup-bürschchen in ihren startup-büschen.
– bewegt sich da was?
– aber nein! schon lange nicht. umsonst haben sie ihre old-economy-fähigkeiten rausgestrichen –
– und jetzt?
– der eine schreibt ein buch über seine erfahrungen – »ach so, opa erzählt vom krieg!« vom anderen heißt es: »nein, er will jetzt kein popstar der new economy mehr sein.«
– und beide ziehen sie sich an einer zigarette hoch, an einer einzigen zigarette zieht man sich nach draußen, mit einer einzigen zigarette will man verschwunden sein –

61

– und? haben sie jemand gefunden, den sie verantwortlich machen können?

– nein, wieder niemand, den man verantwortlich machen
kann.

– wieder keiner, den man doppelt sehen kann?

– nein, auch da ist nur harte bwl im gang.

*

der it-supporter: ob er sich noch immer in jedem x–belie-
bigen beraterwitz aufhalte? nein, da halte er sich nicht
mehr auf. das mache ihm nicht mehr spaß.

mache ihm nicht mehr spaß, hier auf der messe allabendlich mit irgendeinem immobilienheini zu wetten,
welche firma wohl als nächstes eingehe. das mache ihm
nicht mehr spaß. mit so einem typen den ganzen abend
am tisch zu sitzen und sich dann von den immer noch
viel schlechteren zahlen überraschen zu lassen. nein, das
mache ihm nicht mehr spaß, mit dem ewig dazusitzen
und zu hören, wie der sage: »die pensionskassen am
leipziger platz, die pensionskassen!« oder: »erst kürzlich,
das gebäude in der bismarckstraße: 80 millionen kauf-
preis, jetzt kriegen sie es gerade mal für 20 los.« und dann
gemeinsam zu überlegen, was sich gegenseitig lähme: die
banken die fehlenden investoren, die fehlenden investoren die konjunktur, die konjunktur die immobiliensituation, die immobiliensituation die banken oder doch
eher alles umgekehrt? das würde er nicht mehr machen
wollen: lähmungskreisläufe entwickeln allabendlich und
die dann in die eine oder in die andere richtung ent-

langstricken, schlechte zahlen vor sich hertreibend, bis auch die noch zusammenklappten.

*

der partner: also das möchte er hier kurz mal richtigstellen. von den zahlen her könne man von einer rezession noch nicht sprechen, es herrsche ja immer noch wachstum vor, wenn auch ein zwergenwachstum. sicher, es würden andauernd alle zahlen nach unten korrigiert, alle möglichen institute würden ja im moment mit nichts anderem beschäftigt sein, als die zahlen nach unten zu korrigieren, so daß man bald im minuswachstum ankommen werde, aber daran glaube er eigentlich nicht, daß man so schnell im minuswachstum ankommen werde, er sei ja auch kein pessimist, nein, man könne ihn durchaus als optimisten bezeichnen, wenn auch nur als vorsichtigen optimisten. er würde jedenfalls nicht mitmachen, wenn da andauernd von katastrophe die rede sei, vom zusammenbruch der deutschen wirtschaft, nein, er würde mit konsolidierung rechnen, wann auch immer die stattfinden werde. in nächster zukunft, so wie es aussieht, wohl eher nicht. aber jetzt schon von einem minuswachstum auszugehen, das halte er für verfrüht.

*

der it-supporter: nach einer weile wieder: auch sie erinnere das an die kirchpleite, ja, ja.

– wer denkt nicht an die kirchpleite?
– das deutsche enron –
– oder landesbank berlin.

– ach du meine güte, der bankenskandal!
– oder holzmann. nee, also wirklich nicht!

der it-supporter: nach einer weile wieder: »es ergibt sich einfach immer dasselbe bild!«
die online-redakteurin: ja, etwas laufe jahrelang schief, und es kratze keinen, niemandem falle das überhaupt auf. es werde einfach nicht darüber gesprochen, die kredite liefen weiter. und plötzlich kippe es dann, und mit einem mal hätten alle auch schon immer bescheid gewußt. plötzlich entstehe in der öffentlichkeit so ein bild, als ob immer schon alles klargewesen wäre. auf einmal herrsche so eine posthume transparenz, die würde sie schon ein wenig verwundern.

– und dann holen sie ausgerechnet die typen wieder ran, die es vorher verbockt haben, weil sich sonst niemand auskennen würde mit den verträgen, das findet er absurd.
– um nicht zu sagen oberabsurd.
– ja, sie müssen leute wie leo kirch wieder ranlassen, nur um die sache aufklären zu können. wie soll das funktionieren? fragt sie sich.

*

der partner: ach, wenn er das schon höre: die herbeigeredete krise, die echte krise, das krisengespenst. wer solle das heute noch entscheiden – da könne er nur sagen: »leben sie doch in ihrem krisengespenst! aber verschonen sie mich damit!«

die online-redakteurin: das krisengerede, das permanente, habe sie auch langsam satt. aber andererseits könne sie nur lachen, wenn er wieder sage: es komme mtv in die stadt mit seinen 300 arbeitsplätzen, es komme coca-cola aus essen. nein, sie müsse sagen, sie könne da noch kein faß aufmachen, nur weil coca-cola aus essen komme, nur weil mtv jetzt die stadt saniere mit seinen 300 arbeitsplätzen. da müsse er sich noch was anderes überlegen, wenn er von aufschwung sprechen wolle –

der partner: dann habe sie ihm nicht zugehört, denn er habe ja gar nicht von aufschwung gesprochen, er habe nur gesagt, daß er noch nicht von einem minuswachstum sprechen könne, weil kein minuswachstum vorhanden sei. er sehe es auch gar nicht ein, daß man immer diese negativerwartungen heraufbeschwöre. also er müsse schon mal sagen, daß das was deutschlandtypisches sei, immer von den negativerwartungen auszugehen.

*

– ob hier jemand kaffee möchte?
– sie hat gefragt, ob hier jemand kaffee möchte.
– hat hier jemand was von kaffee gesagt?

*

die online-redakteurin: das seien natürlich extreme insider-informationen, aber das unternehmen, für das sie noch bis vor zwei jahren gearbeitet habe, sei praktisch pleite gegangen. es sei noch nicht öffentlich, der konkurs noch nicht angemeldet, aber sie wisse es von ehemaligen kollegen, daß sie es nicht mehr lange machen würden. die branchenkonjunktur sei ja ingesamt schwach, aber die zahlen seien doch so drastisch nach unten gegangen, daß die konzernspitze jetzt nicht mehr mitspielen würde. dauernd würden seltsame leute raus- und reingehen, es wäre eine geheimniskrämerei im gange, erzählten ihre ehemaligen kollegen und hätten natürlich gebeten, dies mit vertraulichkeit zu behandeln. was natürlich das beste mittel sei, es in die welt rauszuposaunen.

– eh klar, daß du offiziell nichts sagen darfst.
– versteht sich von selbst. und vorsicht bei namensnennungen! keine details, nur gerüchte werden dann gestreut, das ergibt dann auch untereinander ein schwieriges klima.
– hinzu kommt: so was erfährst du erst aus den medien!

ja, das müsse man sich mal vorstellen: die mitarbeiter bis hinauf zur chefsekretärin erführen aus den medien, daß ihre unternehmen zusammengelegt worden seien oder daß es zu einem konkurs kommen werde. »und dann sind aber auch gleich immer alle medien da. du kommst morgens aus der s-bahn nicht raus, ohne über kamerateams zu stolpern, und mittags haben sich dann reporter vor der kantine aufgebaut, denen du nichts abschlagen kannst, denn oftmals sind ehemalige kollegen dabei. die fragen dich natürlich immer das gleiche: »wer?«, »was?«, »wann?«, »wie?«, und du erzählst denen halt irgendwas, doch wenn du danach in deine redaktion zurückgehst, bekommst du es schon mit der angst zu tun.

das muß man sich einmal vorstellen: du weißt ja auch nicht einmal, was du ihnen erzählen darfst und was nicht.«

*

der it-supporter: kündigungen? da werde dann eine betriebsversammlung gemacht. da werde dann gesagt, daß betriebsbedingte kündigungen ausgesprochen werden. die leute sollten wieder an ihre arbeitsplätze gehen, und innerhalb der nächsten stunde würden diejenigen angerufen werden, die gekündigt werden. und dann säßen sie alle auf ihren plätzen und warteten ab, ob bei ihnen das telefon klingele. und bei manchen klingele es dann. »und wenn du dann deine kündigung gekriegt hast, hat es gleich geheißen ›mit sofortiger suspendierung‹, weil die natürlich angst hatten, daß du noch an den systemen rummanipulierst, so aus rache.« er habe das erlebt: langjährige mitarbeiter, die zuerst zu so einem gremium zitiert worden seien und dann nur unter aufsicht zu ihren arbeitsplätzen zurückgedurft hätten, um ihre persönlichen sachen einzupacken. die fragten sich natürlich schon: »was habe ich eigentlich verbrochen?« das sei eine stimmung gewesen, also in die würde er nicht mehr so schnell geraten wollen.

*

– aber arbeitslose unternehmensberater? durchaus, durchaus! sie meint, mckinsey leidet, die mußten leute freisetzen, boston consulting leidet, auch die mußten leute freisetzen. es ist einfach schwierig im moment.
– wer alles schon weg vom fenster ist? arthur d. little ist

weg vom fenster, mckinsey hat einen massiven einbruch erlitten, die it-consultants von accenture und ernst & young haben richtig probleme, und boston consulting sowie roland berger sind im wesentlichen auf restrukturierung fokussiert.
– mit vernünftiger personaldecke!
– ja, mit vernünftiger personaldecke weiterfahren, das hat man sich jetzt auch für diese bereiche ausgedacht. die vernünftige personaldecke hat man erst jetzt so für sich entdeckt, vorher waren ja eher andere dran.
– die branche hat plötzlich einen schlechten ruf gehabt, das hat ihn schon so ziemlich erstaunt. es hat sie eben alle erwischt. sie alle sind jetzt dran.

der senior associate: »ach, viel schlimmer ist es bei den investmentbankern!«
die online-redakteurin: ganz zu schweigen von den brokern, von denen rede sie erst mal gar nicht.
der it-supporter: eben, man nehme nur mal die börse. »da möchte man jetzt gerade nicht sein.«
die online-redakteurin: »oder gehen sie mal in richtung –«

*

die key account managerin: »schlechte stimmung!« habe sie bloß gesagt, aber was solle man auch sonst sagen, wenn die so anschlußlos von einer firmenpleite zur nächsten übergingen, wenn die ihre firmenpleiten so dahererzählten. aber es reiche eben nicht aus, gemeinsam zu bestaunen, was da wieder an geldern vernichtet worden

sei. es reiche eben nicht aus zu stöhnen, was da an werten
gerade wieder übern jordan gehe.

»themenwechsel!« habe sie bloß vorgeschlagen, sie habe
aber keine ahnung gehabt, wie sehr sie damit in ein fett-
näpfchen getreten sei, nur welches, wisse sie jetzt noch
immer nicht.

10. privatleben

– ja, wenn man ihn so fragt ...
– natürlich darf man ihn das fragen ...
– nein, nein, natürlich kann er darüber sprechen, wie er das so macht, er hat da keine geheimnisse –

*

der senior associate: er schwöre ja auf fernbeziehung. das wäre noch lebbar neben der beruflichen belastung. aber so ein normales familienleben ginge nicht. das könne er sich nicht vorstellen. gut, da sei er auch noch ein wenig zu jung dazu, aber wenn er einmal eine familie gründen werde, würde er die ab und zu schon mal sehen wollen. und wie solle das machbar sein, wenn man andauernd unterwegs sei. das sage sich ja so einfach: »friday in, monday out.« dabei stimme es ja gar nicht, und wenn es doch mal klappe, müsse am wochenende nachgearbeitet werden. also wenn er jetzt ehrlich sein solle, er bekomme seine wohnung kaum noch zu gesicht, also ihn würde es

nicht wundern, wenn er sie eines tages nicht mehr fände.
also das mit dem familienleben ginge bei ihm nicht.

*

der partner: ach, eine vernünftige beziehung halte das
schon aus, und er habe nun mal eine vernünftige beziehung. ja, er müsse schon sagen, seine frau halte ihm da
den rücken frei. auch seine kinder würde er durchaus
sehen –
ja, er habe zwei kinder. sicher, es sei mehr so eine wo-
chenendbeziehung, die er zu ihnen unterhalte, aber er
rufe durchaus unter der woche immer mal wieder an und
erkundige sich. ja, er müsse schon sagen, er habe guten
kontakt zu seinen kindern. ja, das würde er schon sagen.
er wisse eigentlich immer, was mit denen so los sei.

– das ist ihm schon wichtig, ja.
– sie telefonieren eben oft, klar.
– seine familie geht ihm über alles.
– ach, hat er das schon gesagt?

*

der it-supporter: also am wochenende sei erst mal akku-
löschen angesagt, das brauche man ganz einfach. also
freitag abend sei er nicht mehr zu halten, da treffe er sich
mit seinen freunden, »und dann geht's ab in die kneipe«.
und jetzt, wo er wieder solo sei, meist auch samstags,
aber da stehe oftmals kulturprogramm auf dem plan.
mal ins kino oder auf ein konzert. und am sonntag müsse
er sich dann meist wieder regenerieren, damit er montag
morgen wieder fit auf der matte stehen könne. also da

heiße es, schön früh zu bett gehen, kein alkohol, kein extremsport, nicht einmal zum fußballspielen gehe er mehr am sonntag abend, weil ihn das zu sehr anstrenge.

*

die praktikantin: was solle man schon sagen – letztendlich würde sie gerne weniger privatleben haben und mehr ein ordentliches berufsleben, obwohl, so was soll man nicht sagen, aber sie wäre gerne mal richtig in einem projekt oder in einem job drin. sie lebe ja auf abruf. sie wisse jetzt, wenn sie nach london gehen müsse, was sicherlich nicht passieren werde, dann müsse sie hier auch alles liegen- und stehenlassen. das seien nun mal die zwänge, denen man unterworfen sei, das seien nun mal die spielregeln. wenn sie nach london gehen müsse oder nach new york, was sicherlich auch nicht passieren werde, müsse sie auch ihren freund zurücklassen. sie habe sich ja überallhin beworben, aber sie glaube eigentlich nicht, daß sie überallhin kommen werde, also was solle sie sagen? sie sei ja nur eine praktikantin auf jobsuche, mehr oder weniger, aber eigentlich, wenn sie länger darüber nachdenke, würde sie schon sagen, daß sie ihren freund auch praktisch nie sehe, weil sie andauernd unterwegs sei. eben auf jobsuche. so ein bewerbungs- und akquiseverhalten koste eben auch so seine zeit. letztendlich bliebe ihr wahrscheinlich auch nicht viel mehr privatleben als irgendeinem manager.

*

die key account managerin: sie habe kein privatleben. nicht, daß sie davon wüßte. nein, aber wenn, solle man sie mal darüber informieren, denn hin und wieder hätte sie schon gerne eines. hin und wieder wäre sie schon gerne dabei, wenn sich so was wie ein streifen privatleben am horizont zeige.

sie sei ja nun keine von denen, die sagten: die firma sei ihr privatleben, wie man das heute so schnell sage, ohne sich großartig was zu denken, aber etwas wahres sei schon dran, müsse sie zugeben. man hänge eben mit der zeit immer mehr da rum. sie denke schon, daß sie oft länger auf arbeit bleibe als unbedingt notwendig, aber wenn man mal einen gewissen punkt überschritten habe, dann bleibe man oft, mache weiter, weil es einfach anstrengender wäre, sich sozusagen in eine andere stimmung hineinzubewegen, sich sozusagen auf andere sozialkontakte einzulassen, die sich in einer völlig anderen welt abspielten. man gerate ja auf so projekten immer in eine ganz eigene gesprächslogik und gesprächsmuster hinein, also beispielsweise würde man nur noch insiderwitze reißen. ja, es seien dann insiderwitze und insidergespräche, das bekomme durchaus was sektenhaftes, wenn man so wolle. aber von libidinösen durststrecken würde sie jetzt nicht gleich reden wollen, aber letztendlich müsse man das strenggenommen doch, denn wie solle man das auch anders bezeichnen.

*

der senior associate: man könne hier mal den spieß umdrehen und fragen, was gegen einen drink einzuwenden wäre? was gegen einen drink einzuwenden wäre, würde er schon gerne mal wissen, aber er sehe schon, er werde hier wieder einmal charmant gegen die wand gefahren. er sehe schon: »hier ist jemand ziemlich beschäftigt und möchte sich nicht ablenken lassen von derartigen angeboten, die zweifellos attraktiv erscheinen, wenn man sie sich bei rechtem licht ansieht.« aber das herrsche hier wohl nicht.

*

die online-redakteurin: »also das mit dem privatleben schmink dir lieber bei mir ab – ich darf doch »du« sagen?«
»es macht ihnen doch nichts aus, wenn ich sie einfach duze, aber jetzt, wo wir uns schon ein wenig kennengelernt haben –«
»nein, da läuft nichts. wie denn auch, wenn man den ganzen tag hier am arbeiten ist.«
»ich meine«, da müsse man doch klartext sprechen: »die bars geben auch nichts mehr her, wenn man zu müde ist.«

*

– hier auf der messe? ach du meine güte, nein, da läuft nicht viel.
– da wird immer mehr behauptet, als dann tatsächlich stattfindet.
– ja, da werden eine menge gerüchte in umlauf gesetzt.

der partner: welche gerüchte da auch immer im umlauf seien, er halte das für unsinn. wo sollte das auch stattfinden? in hotelbars? nein, die seien doch auch wirklich nicht der ort, wo reges treiben vorzufinden sei, diesbezüglich. aber mein gott, ja, die hotelbars. gut. da habe man schon den einen oder anderen gesehen. aber man sei ja auch gar nicht wirklich in der lage dazu. weil man ja andauernd in gespräche verwickelt sei. auf der messe passiere nicht viel. das sei mehr so eine journalisten-erfindung.

die key account managerin: und schon gar nicht mit jemandem aus der branche, jemandem, dem man am nächsten tag wieder gegenüberstehen müsse.

der partner: was er sich vorstellen könne, sei der bordell-betrieb. wie bei jeder messe gebe es auch bei dieser hier natürlich einen gewaltigen hurentourismus. da könne man mal die taxifahrer ansprechen. die taxifahrer wüßten das.

der senior associate: wisse man ja: wie geschäfte oftmals abgeschlossen würden, das sei doch leidlich bekannt. wisse man ja: da müsse man nicht so zimperlich mit umgehen –

der partner: »ach quatsch«, man solle diese horror-geschichten nicht so ernst nehmen. von wegen: »du wirst zuerst abgefüllt, dann schickt man dir eine prostituierte aufs zimmer, und am nächsten tag informiert man dich darüber, daß man dich fotografiert hätte, und du sollst diesen und jenen vertrag unterschreiben«, dann würde niemand was davon erfahren.

*

die online-redakteurin: also sie würde schon sagen, in der ganzen branche werde sehr viel getrunken. obwohl: man sehe es den leuten oft nicht an. doch, ja, sie müsse schon sagen, daß das ganz extrem sei, obwohl man es auf den ersten blick oft nicht merke. einen unheimlichen konsum müsse sie da feststellen. sie wisse ja nicht, wie das bei den printmedien sei, aber in ihrem bereich sei es schon relativ extrem. in hochphasen werde schon mittags angefangen mit sekt. und auf messen sei das natürlich noch viel extremer, aber auch schon so im vorfeld. »wenn die leute so 16 stunden in ihrem büro sitzen: klar, irgendwann trinken sie dann ihr kleines sektchen, um sich wieder auf touren zu bringen. aber hier auf der messe gibt es ja schon morgens die ersten empfänge, wo man dir ein gläschen reicht.« man würde immer irgendwelche gründe finden, um so kleine sekteinladungen auszuteilen. und irgendwie würde man immer so mithalten müssen.

ja, sekt. ekelhaft. sekt.

*

»quartalstrinkerin!«

*

die online-redakteurin: ob sie schon alkoholikern begegnet sei? ob das ernsthaft die frage sei? ja, natürlich, sei sie schon einer menge alkoholikern begegnet, da habe sie einige beispiele zur hand. und nicht nur das. das problem an orten wie diesen sei: man müsse eben immer mithalten. man müsse nicht nur durch die sektempfänge, man müsse auch durch die reihen der weißweinschorlen

durch. es gebe ja nicht nur die reihen der männer, es gebe
ja auch die reihen von weißweinschorlen, die sich hier
einstellen könnten und durch die man manchmal durch-
müsse. diese ewigen reihen von weißweinschorlen, in die
man hier gerate und in denen man sich hier schnell ver-
irren könne, bis man nur noch zu zweit da rauskommen
könne, »also alleine findest du den weg da nicht«. das
habe sie in ihrer branche eigentlich immer schon so erlebt. ja, es gebe auch die ewigen reihen von weißweinschorlen in ihrer erinnerung, die sie sich reinziehen habe
müssen, um mit ihrer alten chefin ein arbeitsgespräch zu
führen. durch diese ewigen reihen hindurch habe sie auf
deren arbeitsgesicht gesehen, das sich ihr immer zu entziehen drohte, wenn irgendeine deadline angestanden
sei.

sie sage nur eines: mit diesen leuten zusammenzuar-
beiten, sei ein absolut unerträglicher zustand.

11. aussprechen dürfen (der partner)

nein, er habe nicht gesagt, er würde sie entlassen, das habe er nicht gesagt, das komme ihm gar nicht in den sinn. er habe gesagt: er würde sie nicht einstellen. so jemanden wie sie würde er gar nicht erst einstellen, so wie sie auftrete. er würde eine menge leute nicht einstellen, die hier so rumkrebsten, auch die praktikantin hätte er nicht genommen, weil die nie da sei, wenn man sie brauche, aber die key account managerin würde er auch nicht einstellen, das habe er gesagt und nichts anderes. er habe sich bloß ein wenig aufgeregt über den messestand. das müsse man sich einmal vorstellen: da redeten sie die ganze zeit von messestreß, und dabei sei gar keiner vorhanden. zumindest er könne keinen messestreß ent- decken. und wenn jetzt hier alle von flaute sprächen und von messemißerfolg, dann könne er nur sagen: ihn wun- dere es nicht. dann müsse er sagen: selber schuld! wa- rum? schon alleine dieser stand! »sehen sie sich doch mal diesen stand an!« der sei schon völlig falsch konzipiert, und dann die standbesetzung! als er an diesen stand gekommen sei, habe er nur rücken gesehen, man müsse sich vorstellen. nur rücken. das sei ja das schlimmste, was man auf einer messe sehen könne: rücken! – nein, sie solle jetzt schweigen!

*

»ja, das schlimmste, was du auf einer messe sehen kannst, ist ein rücken. wenn du zu einem messestand kommst und du siehst drei leute, und du siehst nur deren rücken, weil sie sich unterhalten und nicht daran denken, sich zu dir umzudrehen, dann wird dir ziemlich eindeutig das gefühl vermittelt, daß du ihnen egal bist.«
ob er damit etwa falsch liege?
er habe sie gefragt, ob er damit falsch liege oder nicht?
»na also.«

»das zweitschlimmste auf einer messe ist uninformiertes personal. daß da am stand leute stehen, die keine ahnung haben, weil sie entweder bloß für die messe angeheuert worden sind, oder weil es sich um vertriebspersonal handelt, das einfach nur dasteht und einem irgendwas erzählt, wovon es keine ahnung hat, aber denkt, es müsse irgend etwas erzählen anstatt gleich zu sagen: »ich weiß das nicht. warten sie doch bitte auf meinen kollegen.«
ob er die situation etwa falsch beschreibe?
nein?
»na eben.«
nein, er sei noch immer nicht fertig!

»denn das drittschlimmste auf einer messe sind diese menschen mit ihren mikrophonen, die sie einem unter die nase halten.« ja, menschen, die sich als journalisten bezeichneten und ihm letztendlich doch nichts brächten. menschen, die ihn nur mit ihren fragen nervten und von seiner arbeit abhielten.

habe er sich klar ausgedrückt?

ob man ihn verstanden habe?

ja? »nun, dann ist ja gut.«

nein, er sei noch immer nicht fertig.

er würde kündigungen schon aussprechen können, da brauche man keine angst haben, daß er das nicht könne. er traue sich durchaus, klartext zu sprechen, wenn es sein müsse. er könne sich schneller zu einer kündigung durchringen, als man glaube, denn er halte nichts davon, die leute ewig an plätzen zu belassen, die für sie ohnehin nur eine überlastung darstellten.

*

natürlich habe er fehler gemacht, wer wolle das auch bestreiten, besonders im bereich »menschliches« habe er sich oftmals vertan. personelle fehleinschätzungen würde er jetzt mal sagen, das sei ihm passiert, weil er im grunde sehr monoman veranlagt sei. weil er im grunde zu sehr auf sich fixiert sei. er würde von sich behaupten, er könne so einige probleme lösen, da traue sich niemand anderer ran, aber im bereich »zwischenmenschliches« habe er immer noch zu lernen.

also, ja, menschliche fehleinschätzungen könnten ihm schon mal passieren, diesbezüglich habe sogar er einige grobe fehler gemacht, doch er habe relativ schnell kapiert, daß es dann darum gehe, diese fehler schnellstmöglich zu korrigieren und nicht erst zu warten, bis der schaden sich vergrößert habe.

er müsse ja permanent einschätzungen treffen, er müsse ständig menschen bewerten. also so jemanden wie frau bülow würde er, ehrlich gesagt, eher nicht einstellen. er könne sie jetzt natürlich nicht in ihrer fachlichen kompetenz beurteilen, aber schon in ihrem auftreten und in ihrem erscheinungsbild, und er würde beim thema »auftreten und erscheinungsbild« hier überhaupt allgemein eher schlechte noten verteilen –
ja, er müsse noten verteilen, das gehöre eben auch zu seinem job, er müsse sich die menschen ansehen und sie bewerten. und seine bewertungen hätten folgen. das sei nicht so wie bei journalisten, die folgenlos einschätzungen treffen könnten, die einfach etwas aburteilten, und es habe dann keine auswirkung auf sie, er stehe als ganze person ein. und diesbezüglich, ja, das könne er ruhig zugeben, habe er sich schon mal verschätzt. aber so was komme eben vor, daß man sich verschätze, jemanden falsch einschätze. man denke, jemand passe besonders gut auf ein projekt, aber dann stelle sich das gegenteil raus. dieser jemand versaue einem den ganzen projektablauf, dieser jemand passe sich dem workflow nicht an, weil er es nicht könne oder weil er es nicht wolle. und dann könne es sich eben um eine enorme führungsschwäche handeln, diesen jemand nicht freizusetzen, nur weil man denke, man erweise diesem jemand einen gefallen oder gebe dem noch eine chance, diese

berühmte zweite chance, von der hierzulande immer die rede sei.

früher habe er die den leuten auch gegeben, er habe gedacht, vielleicht lasse sich noch was machen, vielleicht komme man mit dieser motivation an die menschen ran. aber das habe sich immer als irrtum erwiesen. er habe es noch nie erlebt, daß jemand auf einmal was könne, was ihm vorher schon schwergefallen wäre, nur weil er eine zweite chance erhalten habe. das ist ein mythos, der besonders hierzulande verbreitet werde. »aber tatsache ist: man hilft den leuten nicht, wenn man sie am platz beläßt, man hilft ihnen nicht, sieht man tatenlos zu, wie sie nicht zurechtkommen, nur seltsamerweise herrscht hierzulande die ideologie, daß eine freisetzung etwas menschenunwürdiges ist.« also mit seinen amerikanischen kollegen könne er darüber gar nicht sprechen, weil sowas kennten die gar nicht.

*

ach, wenn es so einfach wär! wen man hierzulande alles nicht entlassen könne, das sei ja eine ganze menge, da fange er gar nicht mit dem aufzählen an. und er fange jetzt auch gar nicht mit dem betriebsrat an. er fange jetzt nicht mit dem ewigen dealen an, das jedesmal losgehe, komme man mit dem betriebsrat in kontakt. dem gehe es ja auch nicht um die jeweilige person, die sähen den jeweiligen fall nur als taktische munition. ja, der betriebsrat – das sei rein strategisches gebiet, auf das man sich im gespräch mit ihm begebe. da gebe es nichts, das frei wäre von taktischem vorgehen und strategischer überlegung, um inhalte gehe es dem meist nicht – ja, er könne nur die empfehlung geben, im gespräch mit dem betriebsrat immer den strategischen anteil zu sehen, denn diesen fehler würde man seiner erfahrung nach anfangs machen, daß man zunächst auf eine inhaltliche diskussion abziele und nicht den strategischen anteil daran verstehe. den strategischen anteil, der jedes gespräch durchziehe – und nicht nur durchziehe, es seien ja oftmals regelrecht richtige blöcke, strategieblöcke, die vor einem stünden und den zugang zum jeweiligen problem nur verstellten. aber so was könne man einem betriebsrat natürlich auch nicht sagen, und wenn man es ihm sagte, sei dies schon wieder teil der nächsten strategischen operation. und das sei schon der ganze wahnsinn, hierzulande gehe es niemals um die eigentliche situation.

*

ja, sicher, manchmal könne es schon persönlich schwierig sein. er wisse, wovon er rede, er selbst habe, als er noch leiter der it-abteilung gewesen sei, ja mal probleme mit einem seiner bereichsleiter gehabt und habe es lange nicht geschafft, den rauszuschmeißen, weil es letztlich dieser bereichsleiter gewesen sei, der ihm beim einstieg ins unternehmen sehr geholfen habe.

was er dann gemacht habe? zunächst nicht viel, er habe dem einige aufforderungen zum gehen gegeben, so indirekt. beispielsweise, den kollegen, der nach ihm gekommen sei, befördert, oder ihn in gesprächen immer übergangen, ihn auch nicht mehr richtig informiert und nur noch mit seiner assistentin die dinge besprochen, die angestanden seien, aber der habe es wohl nicht verstehen wollen. »also wenn ich gesehen hätte, da wird jemand befördert, der nach mir kommt, diese botschaft hätte ich doch gleich verstanden, da wäre ich doch ziemlich schnell gegangen.«

was er dann gemacht habe? irgendwann habe er es ihm dann doch direkt gesagt, weil er es anders nicht verstanden habe, woraus man schon sehen könne, der sei nicht der richtige auf diesem platz gewesen.

im grunde aber erlebe man doch mehr einvernehmliche kündigungen. das laufe nicht so horrormäßig ab, wie es da jetzt immer heiße. so als ob das dann das ende der welt wäre. nein, die meisten hätten ja schon einige exit-szenarien in petto, zwischen denen sie dann wählen könnten.

*

»sie haben es doch eben selbst gehört, daß auch diese branche in der krise ist, da mußten auch bei uns leute gehen.« aber so viele seien es auch nicht gewesen, im grunde hätten weitaus weniger leute gehen müssen, als man vorher in der boom-phase eingestellt gehabt habe.

»wir haben eben definiert, welche unsere a-personen sind. also wir haben ein einfaches ranking gemacht. die a-personen, das sind unsere top-performer, das sind die, die wollen wir auf jeden fall halten, die ganz starken leistungsträger, die, die unheimlich viel wissen und lang dabei sind. das ist eben der kern des unternehmens. wenn die weggehen, kann man zusperren. dann gibt es welche, da sagen wir, die sind auch gut, aber wenn die gehen, bricht nicht alles zusammen. die wollen wir eigentlich auch halten, denen versuchen wir auszeiten anzubieten. und dann gibt es die c-personen. das ist die gruppe der leute, die wir in der zeit, in der wir so stark gewachsen sind, aufgenommen haben. die gerade lesen und schreiben können, die vielleicht wirtschaft studiert haben, aber sonst gar nichts. und da muß man sagen: mit diesen leuten können wir nichts mehr anfangen.«

*

also er sehe, hier gehe es ans eingemachte. ja, wenn man in einer position wie der seinigen sei, halte man sich schnell einmal für großartig. ja, man halte sich eine ganze weile für großartig, bis der große knall komme. da sei vorsicht geboten, man müsse sich immer klarmachen: »so großartig bist du nicht. auch dein gegenüber hat was zu sagen.« doch leicht falle es ihm nicht. und doch müsse man sich das klarmachen, sonst könne es schon geschehen, daß man sich selbst überschätze. obwohl es schon beachtlich sei, wenn man sehe, was seine kollegen rund um ihn so machten, »daß das, was du machst, am nächsten tag im wirtschaftsteil der faz abgebildet ist. oder im handelsblatt.«

also einen kleinen hang zur selbstüberschätzung müßte er sich letztlich schon attestieren, aber wie gesagt, der sei ja auch normal in seiner branche, man halte sich schnell mal für einen überflieger, denn das werde einem ja auch von außen signalisiert. das werde einem ständig signalisiert, wenn man in einer position sei wie er. aber das sei letztlich handelbar. solange man immer bereit sei, sein eigenes handeln zu hinterfragen, solange man immer noch intelligente leute um sich herum habe, die einen konfrontierten. aber sicher, habe man das auf dauer nicht, da könne es schon problematisch werden.

12. erst mal reinkommen (die praktikantin)

»und wieder kennen sich andere aus mit vorständen und aufsichtsräten.« wieder sei sie nicht dabei. ihr sei noch immer keine firmenvergangenheit zur hand, ihr sei noch immer kein medienrückgrat gewachsen, obwohl sie alles versucht habe. dabei wolle sie doch gute pr-arbeit machen, dabei wolle sie doch irgendwann mal ein guter coach sein oder kunden gut beraten, »was weiß ich«. heute müsse man eben für alles offen sein, heute müsse man sich auf alles einstellen können.
ja, so eine verlagsvergangenheit würde sie gerne zusammenbringen wie frau mertens, oder eine medienvergangenheit wie frau bülow, oder eine beratervergangenheit wie herr bender, dann würde sie nicht so dastehen. aber von einer pressestelle könne man heute nur noch träumen, so von einer fixanstellung mit vernünftigem gehalt. nur noch träumen könne man von einer stelle in einer agentur und mitgeträumt sei dann immer auch schon

eine kleine vergangenheit, ein kleiner erfahrungsschatz, den man dann austauschen könne.

man müsse da heute irgendwie reinrutschen, irgendeine beziehung haben und da reinrutschen, nur, sie habe keine beziehungen und sie rutsche auch nirgendwo rein. nein, sie habe keinerlei verbindung in die medienlandschaft, keine verbindung in die werbebranche, auch zu online-redaktionen bestünde keinerlei draht, also was solle sie machen? sie könne nur träumen von einem volontariat, träumen von einem bezahlten praktikum, träumen von fixgehältern und bestehendem arbeitsvertrag.

sie hätte ja eine marlboro-jobvorstellung im kopf, werde dann schnell gesagt, so eine marlboro-joblandschaft wäre es, die sie sich da ausmale, so ein marlboro-jobgewitter würde sie sich vorstellen in einer marlboro-job-prairie, die solle sie mal hinter sich lassen, werde dann gesagt. ja, das sagten sie: reiten durch die marlboro-job-prairie und nicht innehalten, das wären ihre flausen im kopf, doch das stimme einfach nicht, denn sie habe keine marlboro-joblandschaft im kopf, geschweige denn erhoffe sie ein marlboro-jobgewitter alleine für sich. »tatsache ist«: das passiere eher den anderen. »tatsache ist«: das passiere ihr nicht.

aber die anderen hätten ja alle eltern. die anderen hätten alle ihre steuerberatereltern und wirtschaftsprüfereltern, bei denen sie ein und aus gingen und die ihnen bezahlte praktikumsplätze und volontariate verschafften. die anderen hätten ihre eltern, so besorgende, besorgte und überbesorgte, und sie habe eben keine eltern. zumindest nicht in dem sinn, also keine steuerberater-, keine wirtschaftsprüfer- und unternehmensberatereltern. oder gar zahnarzteltern. kleinbürgerseltern, das ja, das könne man schon sagen, also praktisch nicht existierende, zumindest, was ihre berufliche situation betreffe. nur ihre eltern könne sie nicht ändern, d.h. sie müßte sich andere suchen, sie müßte sich ihre berufseltern erst ausgraben, weil in der frischen luft praktisch keine vorrätig für sie seien.

mentoren. man sage dann mentoren. ja, mentoren nenne man die dann, aber die würden in wirklichkeit auch nicht so viel helfen. in wirklichkeit brauche man wieder richtige eltern, ja, sie sage »wieder«, weil das früher mal anders war. das müsse sie jetzt einmal laut sagen, aber das würde ihr niemand glauben, genausowenig, wie ihr jemand glaube, daß sie keine krankenversicherung habe. das würde sie selbst ja nicht einmal glauben, daß sie derart unterversichert, ja, um es korrekt zu sagen »unversichert« sei, aber das sei nun mal fakt. weil: wer bezahle ihr so was? niemand bezahle ihr so was, selbst mentoren zahlten so was nicht. aber das könne sie ihren eltern gar nicht erzählen, die würden total ausflippen und sagen: »na, dann such dir endlich mal einen richtigen job!« würden die ihr sagen, also sage sie nichts, was auch die beste möglichkeit sei, es selbst zu vergessen.

»das sagt sich ja so leicht: ›na, dann mach mal ein praktikum!‹ wer finanziert mir denn das?« ja, was, wenn man das geld dafür nicht habe? man müsse es sich heutzutage leisten können, ein praktikum zu machen.

aber das sei ja noch längst nicht der gipfel. denn: »zahlen, daß man arbeiten darf«, soviel habe sie verstanden, würde immer mehr um sich greifen. »ja, zahlen, daß man arbeiten darf«, das habe sich schon länger angebahnt. das würde immer mehr einreißen, das komme nicht aus japan, wie anzunehmen sei, sondern von überall her, wo man heute einen arbeitsmarkt vermuten könne.

es reiche eben nicht aus, daß man eine arbeit leisten könne, nein, man müsse auch noch geld drauflegen. sie sagten dann: »wegen der unkosten«, oder: »wegen der ausbildung«. sie verkauften jetzt eine arbeit immer als ausbildung. »dafür, daß wir sie trainieren«, das habe sie nicht nur einmal gehört, das sei ihr schon mehrfach vorgeschlagen worden: »zahlen, daß man arbeiten darf.« das würde immer mehr um sich greifen, das würde sich sozusagen global erwärmen, denn das gehe durch alle kontinente, zumindest, was attraktive arbeitsplätze betreffe – »ist ja auch logisch!« könne man nur sagen, denn das liege doch auf der hand, daß auch ein attraktiver arbeitsplatz einen marktwert habe und an den meistbietenden verkauft werden könne. das sei eine logik, die im prinzip eingängig sei, nur von manchen nicht verstanden würde.

z. b. ihre eltern verstünden das nicht. die würden immer nur sagen, es müßte doch möglich sein, einen job zu finden, bei dem man geld verdienen könne, und nicht nur ein unbezahltes praktikum. sie habe direkt das gefühl, die weigerten sich, das zu verstehen. aber wie auch, wenn selbst ihr bruder es schon nicht verstünde. der sage immer nur: was für eine pleite, daß sie den job hier mache. was für eine pleite, daß ausgerechnet seine

schwester zu einer art consulting-unternehmen gehe, wo
er das doch schon abgelehnt habe. wo er doch der sei,
der physik studiere und in frage käme. sie habe versucht,
ihm klarzumachen, daß das ja nicht so ein unternehmen
sei, wie er es im sinn habe, da habe er schon gesagt: er
kenne diese leute. früher oder später kämen die alle zu
ihm an die uni, um da ihr recruiting zu machen, »recruiting!« habe der mehrmals gesagt, schon alleine dieser ter-
minus müßte einen hellhörig machen, habe er gesagt,
und: was für eine pleite, habe er gesagt, wo er das doch
abgelehnt habe.

dabei sei beratung ja nicht gleich beratung, habe sie es
noch mal versucht. er solle sich bitteschön dieses alte
mckinsey-klischee aus dem kopf schlagen. er habe aber
nichts als dieses mckinsey-klischee im kopf gehabt und
so auch nicht sich aus dem kopf schlagen können, für ihn
gebe es nur den mckinsey-king und mckinsey-flure, die
man diesbezüglich entlangschleichen könne mit nichts
als rationalisierungsfuror und kündigungswahnsinn in
der hand. »da werden die doch selber wütend«, habe sie
zu ihm gesagt, wenn die sehen würden, sie müßten leute
entlassen, »das macht denen doch auch keinen spaß«.
habe sie plötzlich vermutet und ihr bruder habe nur
gelacht: »na, dann werden sie eben nicht wütend genug!«
habe er gesagt, »wütend genug!« das müsse man sich mal
vorstellen!

außerdem wolle sie ja gar nicht ins consulting business
hinein, da habe man sie schon richtig verstanden, sie
habe da auch nichts verloren, aber woanders sei kein job

zu holen gewesen, woanders sei nichts zu machen gewesen. ja, was solle sie schon groß sagen, das sei ja nur ein idiotenjob, den sie hier mache, und selbst der sei unbezahlt. auf der messe hier könne sie wenigstens ihre runden drehen und gucken, ob sich doch was aufgabeln lasse.

nein, sie wisse nicht, zu was sie bereit wäre, um einen job zu kriegen, das wisse sie nicht, sie vermute mal zu einigem.

13. märchen erzählen (die key account managerin, der senior associate und der it-supporter)

»die messe in san josé, das ist unvergleichlich. da ist eine halle so groß wie das halbe messegelände hier. da bekommst du einen stadtplan, damit du dich überhaupt zurechtfindest.« sie habe ja diesbezüglich ein arges erlebnis gehabt. da seien sie abends nach der messe noch essen gewesen, und sie habe ihr mietauto im parkhaus geparkt gehabt. als sie um halb zehn vom essen gekommen sei, habe sie es nicht gefunden. sie habe ohnehin nicht gewußt, wie es ausgesehen und welche marke es gehabt habe, sie habe ja nur den schlüssel gehabt. man wisse doch, wie das sei: man bekomme jedesmal ein anderes mietauto und merke sich dann natürlich nicht gleich, ob es rot, blau oder grün sei. und sie sei ja überhaupt keine autofetischistin. sie habe also erst mal nach dem nummernschild gesucht, und als sie schon eine stunde gesucht und es noch immer nicht gefunden gehabt habe, sei so ein parkwächter gekommen mit seinem kleinen gefährt und habe angeboten, ihr zu helfen. sie seien dann gemeinsam stockwerk um stockwerk, reihe um reihe mit diesem kleinen gefährt das parkhaus abgefahren, bis sie ihr auto gefunden habe. sie sei drei stunden unterwegs gewesen, um dieses verdammte auto zu finden.

– er kennt das. und immer dieses klimagefälle! drinnen in den messehallen ist es irre kalt, und draußen hat es dann 50 % luftfeuchtigkeit.
– oder mehr!
– das hat sie in fort lauderdale mal ganz schlimm erlebt.
– und immer der jetlag!
– ja, die tageszeiten verschwinden. man kennt sich gar nicht mehr aus.

er habe ja eine messe gehabt, die ihn total fertiggemacht habe. weil er nachts noch eine andere arbeit habe erledigen müssen. er habe sich dann immer im parkhaus ein stündchen schlaf abgeholt, das er gebraucht habe. er habe das die ganze messe so betrieben. und er sei verdammt froh gewesen, daß er nicht gefunden worden sei in der zeit. das hätte ihn kopf und kragen kosten können, aber es sei nun mal nicht anders gegangen.

– diese messehotels sind ja auch ganz zu vergessen.
– wie?
– na, schlafen kannst du da auch nicht.
– fängt sie jetzt wieder mit ihrer pornohotelgeschichte an? sie will doch allen ernstes nicht wieder mit ihrer pornohotelgeschichte anfangen?
– nein, sie denkt ganz und gar nicht dran. wie kommt bloß dieses handy in ihre tasche? würde sie sich vielmehr fragen, ihres kann es nicht sein.

– welches handy?
– jemand hat ein handy in ihre tasche getan, bzw. sie hat
es darin gefunden –

*

– also er findet, wenn vögel schon handygeräusche nachmachen, dann sollten sie das auch richtig machen, ist
inzwischen seine meinung.
– bitte?
– er hat gelesen, daß vögel jetzt schon handyklingeln
nachmachen, zwar treffen sie nicht genau jeden ton, aber
die melodien sollen erkennbar sein. also er findet, wenn
vögel handygeräusche nachmachen, dann sollten sie es
auch richtig machen.
– er soll jetzt nicht ablenken: die frage ist doch, wie
kommt das handy in ihre tasche rein?
– jemand wird es vergessen haben, und sie selbst hat es
dann in ihre tasche getan, weil sie es für das ihre hielt.
– das hat sie sich auch schon gedacht, »wie man eben
so denkt, während man mit einem kunden spricht«. so
unter dem motto: es gibt für alles eine erklärung. sie hat
ja erst, als sie diese fremde stimme gehört hat, bemerkt,
daß das gar nicht ihr handy ist.
– jetzt wird es aber gruselig!
– ja, da war so eine komische stimme dran, die ihr aber
auch nicht sagen wollte, wer der besitzer ist, vielmehr
andere botschaften für sie hatte, sie sagt nur: sympathi-
sche waren das nicht.
– mann oder frau?
– schwer zu sagen, hörte sich mehr nach einem kind an.
ein kind, das sich in seinem alter etwas verrannt hat.

– was man heute alles für kinder hält!

– ach, fang doch damit nicht wieder an.

– ja, wen sie alles wieder für jugendlich hält. die machen nur auf jugendlich, die geben sich höchstens den anschein von kindlichkeit, die zwischenjungs.

– wieso? schau sie dir an!

– die sind ultra-erwachsen, voll vertragsfähig. sie soll doch frau bülow fragen! frau bülow weiß solche sachen.

– nein, macht sie nicht. sie hat ja selber augen im kopf.

– besser ist es bestimmt. wer weiß, was man da wieder zu hören kriegt.

*

wieso? das habe er schon so satt, »wie die sich wieder mit düsseldorfigkeit umgibt!« nein, wie die wieder das maß ihrer düsseldorfigkeit voll ausgeschöpft habe und es dennoch mit neuer düsseldorfigkeit überbiete, das habe er langsam satt, da wisse er schon gleich: »paß auf, gleich beginnt die wieder mit ihrem düsseldorflied: ›ach, wie bin ich beliebt!‹« und ihr publikum dann im beifallschlaf, ihr publikum im beifallschlaf nicke etwas mit. ihr publikum, das kenne er nun schon in- und auswendig, er habe das so satt, all diese düsseldorfflüssigkeit, mit der man sich hier umgebe, all diese düsseldorfflüssigkeit, in der sie schwimme. aus ihr sei kein rauskommen, das könne er nicht mehr sehen.

– da soll er bloß aufpassen, daß er da nicht eine überempfindlichkeit entwickelt.

– er entwickelt keine überempfindlichkeit, er sitzt schon mittendrin.

– nein, er soll überhaupt aufpassen, daß er nicht in über-
empfindlichkeiten auswächst und dabei vergißt, wo er ist.
hier kann man nämlich so eine überempfindlichkeit
nicht brauchen, hier kann man so eine düsseldorfallergie,
wie er sie da entwickelt, beim besten willen nicht brauchen, da hat sie ja ganz andere allergien entwickelt. da
kann sie ja ganz andere geschichten erzählen.

– hat er es nicht gesagt!
– was?
– sie fängt jetzt wieder mit ihrer pornohotelgeschichte
an.
– nein.
– sicher, gleich beginnt sie wieder ihre pornohotelgeschichte zu erzählen.
– nein.

also er könne die schon auswendig erzählen: wie sie am
stuttgarter flughafen hängengeblieben sei, weil sie auf
ihre koffer habe warten müssen, die irgendwo in rom
oder paris hängengeblieben seien. wie sie dann in diesem
überteuerten hotelzimmer gesessen sei und von allen
seiten diese geräusche wahrgenommen habe. wie da mit
pornodecken um sich geschmissen worden sei rings um
sie, ja, wie von überall dieser pornolärm gekommen sei.
wie eben so flughafenhotelzimmer ausgestattet seien: mit
fernseher und ganz dünnen wänden. mit fernseher und
ganz dünnen wänden und diesem stöhnen, »das man
normalerweise zu zweit produziert, da aber von einzel-
stimmen zu kommen schien«. wie sie einen moment
gebraucht habe, um zu begreifen, daß in allen, ja, in allen

nebenzimmern diese businesstypen, die sie schon an der rezeption stehen gesehen habe, sich gerade ihre pornos reingezogen und sie in üble pornoübereinstimmung gebracht hätten. wie sie in dieser üblen pornoübereinstimmung aber sich nicht habe aufhalten wollen, doch nicht gewußt habe wie rauskommen –

ja, und am nächsten morgen seien sie alle im frühstücksraum gesessen, diese sonoren geschäftsleute. wie die unschuldslämmer! mitten im pastelldickicht seien sie gesessen, mitten in so einem mövenpickpastelldickicht neben ihren aktentaschen, in denen sie das ganze material bei sich gehabt hätten: die verträge, vorverträge, profile, möglichkeiten.

ja, richtig: headhunter. die träfen sich immer an so orten: flughäfen, bahnhöfen – transiträumen eben. und immer am nächsten morgen träfen sie sich. sie habe schon gedacht, die hätten sich alle in ihre pornowelt verkrochen und jetzt seien sie alle aus ihren pornolöchern herausgekrochen und in dieses frühstücksdickicht hinein, das ein einziges abwerbefrühstücksdickicht gewesen sei.

– ja, und du sitzt da und kannst dir dann anhören, wie die ihre headhuntergespräche über verträge und mögliche verträge führen, wie sie ihren verhandlungstalk machen, und wie sie das in einem sanften, sonoren tonfall tun, der in eigenartigem kontrast zu dem pornogebell steht, das nachts zu vernehmen war.
– und dann?

– nichts.

– wie die sonnenblumen drehten sie sich um zur einzigen frau im raum, und das war sie.

– und dann?

– ja nur kein bret-easton-ellis-gefühl aufkommen lassen!

– nein, nur ja kein bret-easton-ellis-gefühl aufkommen lassen, hat sie sich auch des öfteren schon gesagt.

– also auch er hat seinen bret easton ellis gelesen und er muß sagen, er findet das jetzt doch etwas übertrieben.

– und dann?

– nichts. wieder war die üble pornoübereinstimmung da. langsam hat sie es mit der angst zu tun bekommen und ist dann zurück in ihr zimmer gegangen, hat da auf den anruf der fluggesellschaft gewartet, bis das zimmermädchen gekommen ist und ihr den rest gegeben hat.

– also er findet das doch reichlich übertrieben.

– ich bitte dich: das war eine domina!

*

solle man jetzt etwa über kinderpornographie reden oder was? werde das jetzt verlangt? also er würde jetzt lieber nicht über kinderpornographie reden wollen, obwohl, er habe das gefühl, als müßte er das jetzt, weil ab einem gewissen punkt immer alle über kinderpornographie reden würden.

– schließlich entspricht das ja auch den tatsachen. schließlich ist es durch alle medien gegangen: »nur, weil der ceo auf kleine mädchen steht, ein produktionsstandort in thailand.«

»nur, weil der ceo auf kleine mädchen steht, wurden
frauen zu jedem meeting gekarrt.«
– frauen?
– »nur, weil der ceo auf kleine mädchen steht, hat sich das
als standard in der führungsriege etabliert.«
– ich bitte dich!
– bitte? im ganzen unternehmen ist das vernaschen von
kleinen mädchen opportun gewesen, und hat man etwa
nicht kinderpornographie im netz gefunden?
– sicher, das ist ein skandal gewesen –
– und was passierte dann?
– als es aufkam, hat man den standort downgesized so
gut es ging –
– aber jetzt wird es schon wieder als kavaliersdelikt
behandelt.

*

– das ist doch die totale humorlosigkeit, die jetzt hier
ausbricht.
– bei den gesprächsthemen, was hast du anderes erwartet?
– tja, messe als ständiger aufenthaltsort geht eben nicht!
– das wäre doch gelacht: klein beigeben tut er noch lange
nicht.

– zeit für den messehippie!
– zeit für den messehippie.
– was fürn messehippie?
– einen muß es immer geben, einer ist immer da.
– was? ihr habt noch keinen gesehen. ein schlechtes
omen!

– was? nicht einmal die linuxjungs sind da!

– was sind das für zeiten!

keinen messehippie, mehr so einen internetkanzler habe sie entdeckt. »der internetkanzler!« habe es ja auch schon eine ganze weile geheißen, »der internetkanzler kommt!« er komme nicht von einem anderen stern, wie behauptet, der sei immer schon voll da.

– quatsch, der kommt immer zu spät. und er wird bald vom echten, vom konkretkanzler abgelöst, wenn er sich nicht stärker an die realen gegebenheiten anpaßt.

– dabei: »mit der wirklichkeit schritt halten«, hat man ihm schon mehrmals gesagt. aber wahrscheinlich hört er auf diesem ohr schlecht.

– ach, ein anderes hat der gar nicht zur verfügung.

– jetzt aber erst der auftritt in halle neun.

– halle sieben.

– sie dachte, halle neun war angesagt. wegen der sicherheitsstufe.

ob der internetkanzler auch einmal quer durch die ganze landschaft müsse: banken, versicherungen, automotive und versorgeunternehmen? ein chemiekonzern? das wisse er nicht, er nehme mal an: nein. denn wenn er schon einmal quer durch die ganze landschaft gemußt hätte, dann würde er jetzt anders reagieren, spräche man ihn auf sein wirtschaftsprogramm an.

– deutsche politiker kommen immer erst nach ihrer amtszeit in die verlegenheit, in einen konzern zu gehen.

– ist gar nicht wahr!
– sieh dir die dichte an berufspolitikern an.
also man müsse sich nur mal die dichte an berufspolitikern ansehen, dann werde einem schon alles klar, warum
hierzulande nichts mehr klappe.

14. politikbesuch (der partner)

nein, er wolle jetzt nicht über joschka fischer nachdenken, nein, das wolle er nicht und das könne er auch
nicht, das sei hier einfach nicht der ort dazu. vergleichs-
weise lange könne man sich über die unsichere, instabile
identität von bankern unterhalten, aber über joschka
fischer, nein, das sei nicht zu machen.

aber er sehe schon, so leicht komme er hier nicht aus,
»das hat sich ja flugs etabliert, daß man ihnen auskunft
gibt« (*lacht*), aber er halte sich nun mal nicht für so einen politischen menschen, da sei nichts zu machen, er
steigere sich in dererlei fragen einfach nicht mehr rein,
dafür habe er seine mitarbeiter. (*lacht*) – nein, im ernst:
so im allgemeinen müsse er sagen: wozu auch? er sehe
keine reformwilligen menschen in der politik, aber er
denke, die solle man mal langsam zu gesicht bekommen,
nicht? nur momentan müsse man sich eher fragen, »wen
kümmert das?« und was müsse man dann antworten?
»keinen!«

»sehen sie, es reicht eben nicht aus zu sagen: schröder ist schrecklich.« oder »einigeln und besitzstandswahrung«, da müsse mal endlich was geschehen, da müsse mal endlich durchgegriffen werden. man könne noch ewig von überreglementierung reden, das gebe ja immer ein gutes thema ab, in deutschland habe man ja überreglementierungen, wohin man blicke. man könne noch ewig fragen, ob denn bekannt sei, wieviel behörden man durchlaufen müsse, um eine firma aufzumachen, man könne noch ewig darauf bestehen, daß die zahl endlich mal in umlauf gebracht werde. statt dessen kämen so menschen an. menschen wie frau bülow, die sagten: »zusehen, wie ein gesundheitssystem zusammenbricht.« statt dessen riefen ihn andauernd so menschen wie frau bülow an und sagten: »zusehen wie ein sozialsystem zusammenklappt.« das sei ja so der jargon, der da laufe, damit heize man natürlich stimmungen an, so bringe man natürlich die leute in rage.

»ach wissen sie –« es sei eben einfach, die dinge zu beurteilen, wenn man außen stehe. es sei eben einfach, eine meinung zu haben, wenn sie einem gratis komme. deswegen müsse er sagen: er liebe journalisten nicht. weil ihnen eben ihre meinung immer gratis komme. ja, es sei wahr: er liebe journalisten nicht. schon allein, weil sie ständig mit ihren statistiken ankämen. da könne er noch so oft sagen: »bleiben sie mir mit ihrer statistik vom hals! wenn ich eine statistik brauche, dann strick ich sie mir selber!« und was machten sie? weiter kämen sie mit ihren vermeintlichen zahlen an, zahlen, die immer etwas einseitiges hätten, »aber das verstehen die nicht, oder sie verstehen es und wenden es gegen dich. du hast immer den schwarzen peter. gute nachrichten aus der wirtschaft gibt es nicht. damit werden keine schlagzeilen gemacht.«

er hätte ja beispielsweise gerne bei frau bülow etwas entrüstung hervorgerufen, als er gesagt habe: 40.000 firmen seien pleite gegangen im letzten jahr, doch er sehe diese entrüstung bei ihr nicht. ja, er habe sogar feststellen müssen, daß sie mit der doppelten menge gerechnet habe. er hätte gerne mit ihr über die kindssterblichkeit von organisationen gesprochen und etwas entrüstung bei ihr hervorgerufen, doch er wisse, das gehe bei der nicht. »nein, die rasante kindssterblichkeit von organisationen kratzt eine frau bülow nicht. das löst nicht das geringste bei der aus, weil sie es einfach nicht versteht, was das heißt, oder gar nicht dazu fähig ist!«
sicher, sie habe das nicht so explizit ausgedrückt, aber er habe ja schon einige gespräche mit journalisten hinter sich, das könne er verraten, und bringe auch etwas erfahrung mit menschen mit, das müsse er auch ganz allgemein sagen, er wisse mittlerweile menschen einzuschätzen, »glauben sie mir!«

*

»auch über sie habe ich mir ein bild gemacht.«
»ja, auch bei ihnen weiß ich, woher der wind weht.«
»und dennoch spreche ich mit ihnen.«
»sehen sie, so einfach ist es auch nicht.«

*

das sei ja nicht so, daß er grundsätzlich mit den leuten nicht sprechen würde, die eine andere meinung zu den dingen hätten oder – »sagen wir mal – in eine andere lebenssituation verwickelt sind wie beispielsweise sie«. im gegenteil: am widerspruch ließen sich problemlagen doch am besten sichtbar machen, ein widerstand stärke nur die eigene position, das könne man oft genug beobachten. durch den widerstand werde auf mögliche schwächen aufmerksam gemacht, er habe da nichts dagegen. wer widerstand ignoriere, habe sich selbst keine freude gemacht, »aber wo waren wir stehengeblieben?«

natürlich könne er politiker wiedererkennen, was sei das denn für eine frage? langsam habe er wirklich den verdacht, daß hier an seinen kognitiven fähigkeiten gezweifelt werde. ja, die meisten seien ihm auch durchaus bekannt. er meine jetzt persönlich bekannt. außerdem treffe man die auch an allen ecken und enden des wirtschaftslebens an, das sei ja auch deren marketingstrategie, überall vorhanden zu sein, wo etwas passiere. außerdem habe er ein äußerst gutes, ja, er würde sagen präzises personengedächtnis, ohne das es eben in seinem job nicht gehe. da habe er keine probleme. ja, gute menschenkenntnis sei schon eine wichtige eigenschaft, und gebe er auch zu, daß er diesbezüglich ein defizit habe, so meine er bestimmt nicht seine erinnerungsfähigkeit damit.

die meisten menschen erkenne er an ihren stimmen. er habe zugegebenermaßen ein obsessives verhältnis zu stimmen, weil er selber mal einen stimmverlust erlitten habe. ja, er habe einmal über nacht seine stimme verloren und sie erst durch monatelanges training wiedergewonnen. daraus habe sich diese faszination ergeben, daß er besonders auf dieses persönlichkeitsmerkmal anspreche. und stimmen seien ja gerade bei den meisten politikern – »nehmen sie mal den innenminister«, äußerst signifikant. der innenminister brauche ja gar nicht mehr »rasterfahndung« zu sagen, »der ist schon die rasterfahndung, so von seiner stimme her«. der brauche nicht mehr »bundesverfassungsgericht« zu sagen, der sei schon selbst das bundesverfassungsgericht, nur ungleich strenger und gründlicher. (*lacht*)

ja, er habe seine stimme verloren, also komplett verloren. »da ging nichts mehr«, und in seinem job müsse man eben eine stimme haben, ohne stimme laufe da gar nichts. ihm scheine so im nachhinein, daß die stimme mitunter sein wichtigstes werkzeug sei, das sei ja etwas fürchterlich interaktives, so seine arbeitssituation. andauernd kommunizieren, rücksprache halten, kommunizieren, meetings abhalten und nochmals kommunizieren. jedenfalls habe er dann festgestellt, daß es daran gelegen habe, daß er bei streß seine kiefer zu sehr verkrampfe, was zu einer überbeanspruchung der stimmbänder geführt habe. und plötzlich habe er dann eben nicht mehr reden können.
seine frau habe dann gesagt, es sei erschöpfung, ja, sie habe sogar von einem burnout gesprochen. aber er finde nicht, daß man immer gleich von einem burnout sprechen müsse, wenn etwas von der arbeit auf die gesundheit schlage, vielleicht von einem kleinen burnout, es sei

jedenfalls eine sehr stressige phase gewesen, soweit er sie in erinnerung habe.

er habe zunächst mit stimmtraining begonnen, danach habe er kurse in sprechtechnik besucht, er habe es sogar mit entspannungstechniken versucht – einzig hypnose habe letztendlich bei ihm etwas geholfen, ja, »lachen sie nicht!« – man könnte es vergleichen mit yoga, mit autogenem training, aber ganz das gleiche sei es nicht, und in dieser phase habe sich seine obsession mit stimmen entwickelt – daß er bei menschen immer erst an deren stimmen denke. aber er sehe schon: »hier will jemand auf etwas bestimmtes raus.« nur wisse er jetzt wirklich nicht, ob er das jetzt liefern könne –

*

nein, er habe noch nie politiker nicht wiedererkannt. er erkenne die so grundsätzlich und grüße die auch, wenn sie ihm begegneten, er habe da kein problem mit (*lacht*), er habe auch kein problem damit zu sagen, ja, manche kenne er auch privat, das sei doch naiv zu glauben, diese sphären seien getrennt, aber nicht, daß man jetzt denke, er würde da zurückgreifen auf diese kontakte. aber »sie wollen doch auf was ganz anderes raus, oder irre ich mich?«

*

also er höre sich jetzt schon zum dritten mal diese frage beantworten und er habe langsam den verdacht, hier werde eine vernetzung vermutet, die so nicht existiere oder zumindest etwas ganz anderes bedeute. das sei ja

108

nicht der ku-klux-klan, das sei ja kein geheimbündnis, das sei ja nicht die mafia!

sicher, das sei ein firmenkonglomerat, das sei schon richtig. eine firmenfamilie quasi, die aber durchaus sinn mache, weil man so dem kunden eine breite produktpalette anbieten könne. »sehen sie, dem kunden ist es ja gar nicht recht, wenn sich die firmen ständig die klinken in die hand geben und sich die einen auf die anderen rausreden. so unter dem motto: weil die strategie schlecht war, kann die umsetzung nicht klappen und umgekehrt. dem kunden ist es also durchaus recht, daß der, der ihm eine strategie verkauft, auch dafür geradesteht. der kunde möchte heute eher jemanden haben, der die gesamte lösung anbieten kann. also, die von der strategie über die prozesse bis zur it-implementierung geht. also behaupten auch wir von uns, daß wir »end to end« machen.«

ja, ein konglomerat mit beteiligung von banken, mit beteiligungen aus der industrie. aber das sei bei allen großen beratungsunternehmen so. da fänden im moment eine menge veränderungen statt. und auch ihre partnership werde umgewandelt, weil das unternehmen bald an der börse notieren werde.

ja, bald sei er kein partner mehr, sondern managing director, ändern werde sich da im prinzip nicht viel –

er würde da nicht von unübersichtlichkeit sprechen, sicher, die besitzverhältnisse sind etwas verschachtelt, aber durchaus zu durchschauen. also er könne dahinter nichts entdecken, das – »aber ich sehe schon, sie haben sich ja richtiggehend informiert.«

»also kommen sie mir jetzt doch nicht damit.« man könne doch nicht überall interessenkonflikte sehen – »sehen sie, das können wir uns gar nicht leisten, dann bekämen wir nie einen folgeauftrag.«

*

»jetzt überschätzen sie aber die macht der berater. nein, so weit reicht sie nicht.« er wisse auch, daß hier nicht immer freundliche worte über ihn fielen, er sei, wie gesagt, hier ja auch das feindbild nummer eins. er sei der, den man für alles verantwortlich machen möchte, und er sei auch immer bereit, verantwortungen zu tragen, »aber es gibt auch fälle, da ist das eben nicht möglich«.

»damit sie mich nicht falsch verstehen!« er schmeiße hier keinen raus, das könne er auch gar nicht, dazu sei er gar nicht befugt, auch wenn er hier in diesem unternehmen ein projekt mache, er könne nur empfehlungen abgeben. an seinem geduldsfaden hänge man hier nicht, er habe auch nicht die schwerkraft dieser branche gemacht, und die entscheidungen würden auch nicht in seinem kopf gefällt. er begleite nur ein wenig diesen messestand und stelle die eine oder andere unstimmigkeit fest. er glaube beispielsweise, hier werde zuviel zeit mit unstimmigkeiten verbracht. hier werde überhaupt zuviel zeit verbracht.

– ja, sprechen wir über zeitdruck!

– er möchte jetzt lieber über zeitdruck sprechen.

– er würde jetzt wirklich gerne über zeitdruck sprechen, ob das möglich ist.

– er sieht schon, er kann hier nicht über zeitdruck sprechen!

– wenn man nicht über zeitdruck spricht in seiner branche, hat man gar nichts gesagt.

– ja, er wird das doch mal sagen dürfen.

– er wird das doch mal aussprechen dürfen.

15. ausreden (die online-redakteurin)

also solche typen wie den müsse man schon ausreden lassen! »also wenn du solche typen nicht ausreden läßt, dann gnade dir gott!« (*lacht*) –

sie dürfe doch »du« sagen. »es macht ihnen doch nichts aus, wenn ich *sie* einfach duze«, aber jetzt, wo man sich schon ein wenig kennengelernt habe – »*sie* sind da hoffentlich nicht empfindlich« – nein, sie müsse da schon sagen: »hut ab! aber solche fragen stellt man nicht!« normalerweise sei an solche leute ja auch kein rankommen, normalerweise bekomme man so jemanden erst gar nicht zu gesicht, zumindest nicht, wenn der mitkriege, daß man an einer simplen unternehmensdarstellung nicht interessiert sei.

sie dürfe doch »du« sagen, es mache doch nichts aus, wenn sie das jetzt – also sie könne das schon verstehen: »zunächst hast du die euphorie, die erzählen dir was.

das haut einen ja anfangs um, dieses gefühl, etwas zu erfahren, dieses gefühl, du hast sie jetzt zum reden gebracht, die reden jetzt wirklich, doch in wirklichkeit reden sie nicht, sie tun nur so als ob. sie erzählen dir zumindest nicht, was du wissen willst.« um so mehr sei es wichtig, sie erst mal ausreden zu lassen, sie nicht zu unterbrechen, zu sehen, wohin die sache gehe, abzuwarten, wohin es den gesprächspartner trage, denn irgendwann landeten die immer dort, wo man sie haben wolle. »aber wenn du sie unterbrichst, bietest du ihnen angriffsflächen, du positionierst dich mit jeder frage, und dann schießen sie sich auf dich ein. die können das gar nicht anders, das haben die so gelernt. sie konfrontieren dich immer mit dir selbst, mit deinen eigenen vorurteilen.« das mache es so schwierig.

aber umgekehrt dürfe man es ja auch nicht so sehr als feindbeobachtung anlegen, das sei ihr jedenfalls immer wieder passiert, daß sie etwas als reine feindbeobachtung angelegt habe, doch die könne man nicht brauchen – »sehen sie«, oder »siehst du«, sonst sei man relativ schnell weg von deren terrain – außerdem gehe das ja auch gar nicht, denn ein enormer anteil ihrer rede habe etwas mit einfühlung zu tun. »die sagen einem ja ständig so sachen wie ›stell dir vor, du bist jetzt siemens und willst, daß jemand eine tochter von dir kauft‹. in die einfühlungsfalle bugsieren sie dich bestimmt, und es dauert eine weile, bis du wieder boden unter den füßen gewinnst und bemerkst, daß du gar nicht siemens bist. sie versuchen immer, dich zu einer identifikation zu bewegen, die sie dann aber immer in dem augenblick verlassen, wenn du darin seßhaft geworden bist. und dann bleibst du zurück, während sie sich in neue rollen verdrücken und nicht mehr zu sehen sind.«

»ihre eigene position zeigen sie dir nicht, du wirst immer das gefühl haben, du siehst sie nicht.« und schließlich dienten sie einem ja auch dauernd was an: »ihr müßt mir nichts verkaufen!« könne man denen tausendmal sagen, sie würden das gar nicht mehr verstehen, aber wie sollen sie auch, so was lasse sich hier doch gar nicht mehr formulieren, weil die immer ständig am verkaufen seien. hier werde ja nur noch in kategorien von werbung und öffentlichkeitsarbeit gedacht, jeder ansprechpartner werde hier doch automatisch zum kunden oder zu einer art kunde, einem »klienten«, wie sie sagten. ob das noch nicht aufgefallen sei?

ob sie noch nicht aufgefallen seien, die unterschiedlichen formen, die der kunde hier annehmen könne? vom »direktkunden« zum »kunden«, gehe es gleich zum »klienten« und von dem sei es dann nicht mehr weit zum »menschen«. also das begegne einem hier relativ oft – »ja haben sie denn noch nicht frau mertens zugehört, wie die hier alle zu menschen erklärt?« das machten key account manager und pr-berater doch allzugerne: daß sie nur mit menschen sprächen und nicht mit kunden – das sei ihr erfolgsrezept, werde gesagt.

ja, was hier alles zum kunden zähle und was darüber hinauswachsen könne, sei äußerst merkwürdig, um nicht zu sagen: barocke formationen nehme das an, und man wisse selbst kaum, wo man selber im augenblick gelandet sei. das könne ja auch wechseln, das sei ja kein statisches system. tatsache sei, man bleibe immer ein kunde, auch wenn man aus der medienbranche komme, ein merkwürdiger kunde zwar, dem informationen verkauft würden, und bezahlt werde mit symbolischem kapital, das sich dann anderswo wieder in bare münze umsetze.

jedenfalls erst mal ausreden lassen sei der königsweg, auch wenn das schwierig erscheine. sicher, so 100%ig höre man sich das nicht an, was sie da zu bieten hätten, das könne man auch gar nicht, auf das seien deren aussagen ja gar nicht ausgelegt. allein der jargon. es wundere sie ohnehin, daß man den ungestraft auf dauer anwenden könne. es wundere sie schon, daß da nichts passiere, daß da niemand explodiere oder ersticke an den sachen, die er da bei der x-ten powerpoint-präsentation ausgesprochen habe, oder wenn es wieder heiße: man solle doch ein kick-off-meeting machen, es wundere sie schon, daß die immer hübsch in ihrer harmlosigkeit ein und ausspazierten, als wären sie da zuhause.
und diesbezüglich wolle sie hier eine warnung aussprechen, ja, sie wolle eine warnung loswerden, »ja, gemeint sind *sie*«. denn irgendwann kämen die immer mit so sprüchen an. irgendwann kämen die mit so sprüchen an wie »könnten sie sich vorstellen, das und das zu machen?« ja irgendwann böten die einem einen job an. »irgendwann kommt es, das angebot, von dem du denkst, daß du es nicht abschlagen kannst«, und dann sei es zu spät. »also nehmen sie sich in acht!«

16. unheimlichkeit (die key account managerin und der it-supporter)

zombie commerce

– hier wird es auch immer unheimlicher – *eener*
– also sie findet die praktikantin unheimlich, hat sie das schon gesagt, ja?
– er findet ja mittlerweile so einiges unheimlich. zum beispiel, daß er nicht mehr betrunken wird.
– so völlig unmotiviert begeistert ist die, das hält sie echt nicht mehr aus.
– und er kann reinkippen noch und noch, er spürt davon nichts, er verträgt praktisch alles.
– und erst die stimme. ob er mal deren stimme gehört hat, sie meint, ob er deren stimme sich so richtig angehört hat?
– das hat er gestern abend gemerkt: er wird einfach nicht mehr betrunken, fast würde er sagen, auch nicht mehr beschwipst. *tipsy*
– ach, sein körper hat eben völlig auf messebetrieb umgeschaltet.
– von betrieb ist ja nun nicht so viel zu sehen.

jedenfalls könne man nicht mehr von psychisch ungestörten menschen ausgehen, nein, das könne man nicht,
sei langsam seine meinung, man müsse nach einigen
messetagen eher von psychisch gestörten menschen ausgehen, und dann hätten die meisten ja auch nicht nur
ihre kleinen probleme, die meisten hätten heute echte
krisen, ja, die schleppten gleich ihre ganzen krisen auf die
messe, kämen ohne die erst gar nicht hier an. im prinzip
könne man dauernd szenen hier erleben, wenn man
wolle, aber wer wolle das schon.

*

hier werde es auch immer unheimlicher, habe sie zu
ihrem it-supporter gesagt, der habe aber gar nicht richtig
reagiert, der habe ihr gar nicht richtig zugehört, wie
üblich, an den komme man gar nicht richtig ran, der sei
wieder einmal so richtig stoffelig. dabei habe sie ihm
eben die geschichte von dem typen erzählen wollen, der
da schon eine ganze weile vor ihr gestanden und sie so
seltsam angestarrt habe. gut, man müsse auch nicht alles
erzählen, was einem widerfahre, aber sie müsse sagen, sie
finde das langsam wirklich unheimlich.

»mensch, was wollte der von dir?« hätte der normalerweise gefragt, und sie hätte ihm gesagt, sie glaube, sie
hätte dem den üblichen kram erzählt, »ich glaube, ich
habe den genauso informiert wie alle anderen auch, die
mit so globalen fragen auf einen zukommen«, hätte sie
ihrem it-supporter dann gesagt, »und was hat der dann
gemacht?« hätte der sie dann gefragt, und sie hätte dann

wiederum gesagt: »weiß nicht, der stand einfach da und hat mich angesehen. gesagt hat der eigentlich nichts.« das hätte sie ihm erzählt, und er hätte dann gemurmelt: »weißt du, die leute hier drehen eben langsam ab.«

über die unansprechbarkeit ihres it-verantwortlichen habe sie sich ja schon länger keine gedanken mehr gemacht, die kenne sie schon, die sei nichts neues. es gebe ja einige unansprechbarkeiten, die sich hier versammelten. von der unansprechbarkeit ihrer praktikantin rede sie erst gar nicht, und auch die unansprechbarkeit des übrigen teams verstehe sich von selbst, sie erreiche die ja nicht. die unansprechbarkeit von herrn gehringer und herrn bender nehme sie mal so in kauf, die liege ja mehr in deren funktion. im grunde sei sie von lauter unansprechbarkeiten umgeben, und die ihres it-supporters unterscheide sich bloß darin von den anderen, daß er grundsätzlich mehrere zur verfügung habe. nein, der habe nicht nur eine zur hand, sondern immer mehrere in petto, sodaß er dann die auswählen könne, die ihm gerade zur situation passend erscheine.
aber die unansprechbarkeit, die er jetzt vor sich hertrage, sei eine besonders ungute, weil es nicht klar sei, in welche richtung die sich noch auswachsen könne. da seien ja in der vergangenheit schon einige monstrositäten entstanden, an die sie sich ungern erinnern wolle.

ja, manchmal könne es ein irrsinniges unternehmen sein, aus dem irgendeine information herauszubekommen, die für eine problemlösung unumgänglich sei. wie oft schon habe sie von ihm verspätet informationen erhalten. und sie hoffe, er halte jetzt nicht irgendeine nachricht zurück, nur, um sie zu ärgern.

*

also man könne nicht mehr von psychisch ungestörten menschen ausgehen, nein, das könne man nicht, man müsse eher von psychisch gestörten menschen ausgehen, aber das habe er ja schon gesagt, gut, jedenfalls, selbst in einem arbeitsverhältnis würde er nicht mehr von einem psychisch ungestörten gegenüber ausgehen, aber es gebe dennoch leute, die schössen übers ziel hinaus mit ihren neurosen. er nenne jetzt mal keine namen, aber er müsse schon mal sagen, daß hier leute beschäftigt seien, die ganz schöne probleme hätten.

er gehe ja im prinzip schon davon aus, daß sein gegenüber alle tassen im schrank habe, ja, er gehe davon aus, zumindest sei das auch die unternehmerdevise, daß, übern daumen gepeilt, ein normales, von interessen und idealismen gleichermaßen gesteuertes wesen ihm gegenüberstehe, nur habe er mit diesen annahmen oft genug auf granit beißen müssen. aber umgekehrt, oftmals, wenn er denke, daß die leute wegen den bedingungen, die in einem arbeitsprozeß herrschten, abdrehen müßten, drehten die dann gar nicht ab, ganz im gegenteil, die machten oftmals eine kehrtwendung in einen zustand hinein, den man nur als absolut vernünftig bezeichnen könne.

*

und wieder werde sie verwechselt. das passiere ihr jetzt andauernd, daß man sie für jemand anderen halte. wieder sehe sie die frau an, die sie gar nicht kenne, ja, da könne sie noch so in ihrem gedächtnis kramen, es falle ihr zu der frau nichts ein. sie sehe sie nur an und müsse sagen, »da hilft kein lapidarer gruß«: böse blicke, durchaus böse blicke, müsse sie sagen. sie habe sich natürlich unwillkürlich gefragt, was sie denn verbrochen habe, und sie müsse sagen, nein, sie habe sich da absolut nicht im verdacht, daß sie der irgend etwas zugefügt hätte. trotzdem habe sie ihr gedächtnis weiter durchgekämmt, und während sie das getan habe, sei die auch schon wieder verschwunden. also sie finde, die durchgeknalltheit der menschen hier nehme langsam bedenkliche züge an.

und er finde, man könne sich langsam mal merken, daß er hier nicht das mädchen für alles sei. sie könne ihn nicht für irgendeinen billigen techniker halten, den man für jedes problem hole. er finde, das könne jetzt langsam mal in alle köpfe rein, könne dort einzug halten und drinnenbleiben. aber er sehe schon, es merke sich wieder keiner – das mache keiner, habe er noch gesagt und sie gefragt: und was machten die? sie machten alle weiter mit ihren messewitzen und ihren seltsamen kleinen geschichten. und sie? fange sie jetzt wieder mit ihren geschichten an? – »nein, diese frau starrt mich schon wieder an.«
– welche frau?
– jetzt ist sie wieder weg. da drüben ist sie gestanden.

*

»ich meine, menschen lösen sich doch nicht einfach in luft auf, so einfach geht das nicht!« habe er ihr bloß gesagt und zugebenermaßen: »jetzt werde doch nicht

hysterisch, jetzt krieg dich wieder ein.« sie sei jedenfalls
total ausgeflippt, total hysterisch geworden, dabei habe er
nur gemeint, daß diese frau doch irgendwo noch vorhanden sein müsse. und sie sei dann völlig durchgeknallt. er
könne da jetzt auch nichts machen, habe er ihr gesagt: ob
sie nicht eine auszeit nehmen wolle, sie habe aber gesagt:
nein, sie wolle lieber nicht. er habe ihr dann gesagt: er
fände es aber eher besser, wenn sie sich eine auszeit
nähme, mal auf pause ginge, er fände es gut, wenn sie mal
auf andere gedanken käme. da habe sie ihn nur ange-
schnauzt: und sie fände es eher besser, wenn er seine
klappe hielte. sie wisse schon, man wolle sie hier loswerden, aber sie warte hier jetzt trotzdem ab, bis der belting
wieder auftauche, sie sehe das gar nicht ein, daß sie jetzt
hier weggehen solle, nur weil er das für richtig halte.

*

»und wieder ist der kontakt gerissen! na prima!« sie habe
ja nur nachfragen wollen, was eigentlich los sei, wo die
anderen blieben, und schon sei wieder nichts zu verstehen gewesen. sie kriege das nicht in ihren kopf: das
andere handy in ihrer tasche sei ständig auf empfang und
ihr eigenes bekomme gar kein netz.
– dann soll sie doch das andere handy nehmen!
– nein, das rührt sie nicht mehr an!

– ja, sie ist ein wenig nervös – mehr als gut ist für die situation.
– ja, sie muß schon zugeben, sie ist etwas panisch, weil sie
ihren chef nicht mehr erreicht.

– aber hat jemand die praktikantin gesehen?

– könnte jemand kontrollieren, was die praktikantin wieder treibt?

– könnte jemand herrn gehringer ein glas wasser geben und ihn darüber informieren, daß der belting immer noch nicht zu erreichen ist.

– und könnte jemand auf die uhr sehen? ich schaffe das nämlich nicht.

*

der partner: er wolle das mal runterkochen, ja, er würde das hier gerne einmal runterkochen. »tatsache ist, wir sind alle etwas durcheinander.«

»tatsache ist, man wartet hier schon ein wenig lang auf die beiden herren.«

»tatsache ist, ans telefon geht auch niemand ran.« aber dennoch solle man deswegen nicht gleich durchdrehen. ja er finde, es ist jetzt absolut nicht die zeit durchzudrehen, und sie wären alle ganz gut damit beraten, jetzt nicht durchzudrehen. nein, er würde mal viel eher sagen, es wäre eher die zeit, insgesamt ein wenig runterzukommen, »finden sie nicht?«

17. runterkommen

der it-supporter: ja, das schwierigste sei das runterkommen. er habe das immer wieder festgestellt. die streß-
situationen alleine seien es nicht. es sei mehr das runterkommen, das dann so anstrengend sei. er wisse dann
meist nichts mit sich anzufangen, sei unansprechbar,
bzw. könne es passieren, daß ihn eine depression er-
wische oder er krank werde.

     grippen, virusinfektionen, übelkeiten über nacht.
kopfschmerzen. seine umwelt wisse dann meist bescheid.
man lasse ihn dann in ruhe. man warte einfach ab,
»ja, nach solchen phasen stürzt du erst mal ab. danach
bist du fertig. und wenn du dann keine ergebnisse vorzu-
weisen hast wie eben jetzt – um so schlimmer für dich!«

die key account managerin: sie sei auch nicht ansprechbar.
sie sei eine ganze weile nicht ansprechbar, trinke dann
dauernd wasser.

ja, wasser, richtig wasser. sie trinke dann literweise wasser, als wäre der ganze körper völlig dehydriert, als würde sie am verdursten sein, aber nach einer weile beruhige sich das wieder.

das müsse irgendeine fehlfunktion sein. oder der körper melde sich einfach zurück über den durst, sie wisse es nicht.

zwei, drei liter könnten es schon sein, auf zwei, drei liter komme sie bestimmt.

die online-redakteurin: ach, sie stünde dann unter redezwang. müsse ständig mit freunden telefonieren, stundenlang. und wenn dann mal keine freunde da sind – »na, dann gnade ihnen gott!« (*lacht*) sie könne da unerbittlich sein. sie könne dann eine ganze weile nicht aufhören. es sei eben wie ein zwang. als würde durch dieses ständige quasseln sich etwas abarbeiten können, was sich in ihr angestaut habe – »nennen wir es leerlauf«, der dann noch vor sich gehe, »wie bei einem läufer – der bleibt nach dem laufen auch nicht einfach stehen.«

*

der senior associate: er komme erst gar nicht runter. meist suche er sich gleich wieder einen neuen streß, also er würde sagen: so richtig runterkommen tue er nicht. wieso auch? das runterkommen wäre für ihn viel stressiger, als sich einen neuen streß zu organisieren. es erscheine einfacher, sich auf demselben aktionslevel zu halten, ja, ihm erscheine der eigentliche streß gar nicht so stressig wie das runterkommen.

na, zum beispiel müsse er immer unfälle bauen, d. h. er fahre meist sein auto kaputt. einmal im monat fahre er mit sicherheit sein auto kaputt. er wisse selbst, daß das unverantwortlich sei. er wisse selbst, daß das quatsch sei, da brauche sie gar nicht so die augenbrauen hochzuziehen, er würde auch viel lieber sein auto nicht kaputtfahren, das sei ja logisch. er würde viel lieber das sein lassen, denn schließlich entstünden daraus ja nicht nur schäden, sondern auch folgeschäden, und schließlich sei auch meist jemand anderer verwickelt. also so was mache man ja auch nicht allein, so einen unfall.

oder er baue sich unglaubliche steuerszenarien, also da sei er ein absoluter spezialist. im bauen komplizierter steuerszenarien. seine steuersituation sei so unübersichtlich, daß da im grunde niemand mehr durchsteige, am wenigsten er selbst. obwohl er sich einrede, er habe das im griff. aber natürlich habe er nichts im griff. und so bekomme er andauernd vorladungen. andauernd steuerprüfungen und vorladungen. ja, das liebe finanzamt, das komme ihm einmal im monat ins haus geschneit. mittlerweile wisse er da schon immer vorher bescheid. er habe direkt so ein finanzamtsgefühl, eine finanzamtsahnung aufgebaut, die ihn zusätzlich kicke. und dabei gehe es ihm nicht ums geld, d. h. ein bißchen gehe es ihm schon ums geld, wie es eben immer ein bißchen ums geld gehe, aber nicht in erster linie. nein, er würde eher sagen, bei ihm sei das eine art selbstläufer, eine art selbstorganisation des stresses, das habe bei ihm nämlich schon eine eigendynamik entwickelt.
das sei ähnlich wie bei einem alkoholiker. er brauche

wahrscheinlich einen bestimmten pegel. er brauche eben ständig etwas adrenalin im blut. keine ahnung, was passiere, wenn das mal entfalle, keine ahnung. wahrscheinlich würde ihn das in die tiefste depression stürzen. aber im grunde wisse er das nicht. er komme an so einen zustand gar nicht mehr ran, weil im gegensatz zu drogen laufe dieser adrenalinsteigerungsprozeß völlig unbewußt ab, d.h. er könne da nicht viel steuern, er habe da nicht viel in der hand. denn sein körper produziere wie von selbst das adrenalin. das seien ja körpereigene stoffe. das mache ja sein körper mit ihm und nicht er mit seinem körper. zumindest in dem stadium, in dem er sich befinde.

er meine, »wer ist schon nicht auf adrenalin heutzutage?« alle, alle seien sie auf adrenalin. man müsse sich diese runde mal ansehen. ob man da jemanden sehen könne, der nicht auf adrenalin sei?

*

der partner: sicher, er würde jetzt nicht von sich behaupten, daß er nicht manchmal anstrengend sei, »man ist eben keine unanstrengende person, wenn man in so einem business arbeitet«, das sei doch klar. das werde ihm auch oft genug signalisiert. auch privat. »wenn deine umgebung um dich herum nämlich auf einem ganz anderen level ist, dann empfindet sie dich eben als anstrengend. muß doch nicht erklärt werden«, er meine, müsse doch nicht näher ausgeführt werden.

die key acount managerin: sie kenne das, auch sie habe mit ihrem aktivismus schon viele verrückt gemacht. sie tue sich eben schwer, wenn sie einmal am arbeiten sei, damit wieder aufzuhören.

die online-redakteurin: »ja, aufhören ist nicht, wenn man mal in fahrt ist.«

der senior associate: und dann werde arbeitssucht behauptet, als könnte man das so einfach sagen.

der it-supporter: »ja, plötzlich hast du den schwarzen peter.«

der senior associate: und dann werde arbeitssucht behauptet, da nennten sie einen einfach krank, dabei stimmte das ja gar nicht. er würde zumindest keine arbeitssucht bei sich feststellen können bzw. sei er ja kein junkie, zumindest nicht im herkömmlichen sinn. er litte nicht unter entzugserscheinungen, würde er keine arbeit haben. das nehme er zumindest an, denn wenn er es so recht überlege, sei immer arbeit da.

die key acount managerin: und dann werde arbeitssucht behauptet, dann werde gesagt: »sie schlafen ja gar nicht mehr. sie werden schon sehen.« da heiße es schon mal »kreislaufzusammenbruch«, da heiße es schon mal »nervenzusammenbruch«, wenn man nicht aufpasse –

der it-supporter: und dann werde arbeitssucht vorgeschlagen, so als interpretation seiner lage, als antwort auf alle fragen, als ob man mit dieser erklärung alle fragen an die wand schmettern könne. dabei sei das so ziemlich unsinnig. zuerst beauftragten sie einen, rund um die uhr auf der messe zu bleiben, und dann würfen sie einem das vor, wenn man es mache, und nennten es krank.

der partner: also er könne jetzt nicht mit bestimmtheit sagen, ob er arbeitssüchtig sei oder nicht, d. h. er könne nicht mit bestimmtheit eine arbeitssucht ausschließen, aber welcher mensch wolle diese entscheidung noch treffen. »viel interessanter ist doch: warum nennen sie einen arbeitssüchtig, und wann tun sie das?«

*

– und außerdem: man ist ja nicht direkt hierher entführt worden, nein, das kann man nicht sagen, man ist ja aus freien stücken hierhergelangt.
– nein, von einer entführung kann man nicht reden.
– nein, also wirklich nicht.
– na also.
– wenn, dann müßte es sich um eine länger angelegte entführung handeln, also eine, die schon länger am laufen ist.

18. das gerät (der partner und der senior associate)

der partner: ja, so ein bißchen was von gehirnwäsche habe es schon, wenn man sich hier länger aufhalte, aber ein bißchen was von gehirnwäsche müsse es auch haben, das sei ja der sinn der sache, das sei ja das programm jeder messe, sonst mache man ja auch keine geschäfte (*lacht*). aber mit der zeit komme man dann doch auf seltsame gedanken. da müsse man nur aufpassen, daß es sich nicht auf einen übertrage, diese ganze irrsinnsstimmung hier. daß man sich nicht verrückt machen lasse, denn mit der zeit komme man eben auf so seltsame gedanken, mit der zeit träten einige störungen auf, so wahrnehmungsstörungen. ja, da komme es zu kognitiven dissonanzen, wenn man nicht achtgebe, auch mit dem gedächtnis. aber um ihn müsse man sich wirklich keine sorgen machen, nein, er sei nur ein wenig überspannt, und da könnten schon die nerven mit einem etwas durchgehen – wie gesagt: er denke jedenfalls, man solle sich nicht verrückt machen lassen, auch er habe sich wieder im griff, ja, da müsse man sich keine sorgen machen.

*

der senior associate: »ein bißchen was von gehirnwäsche hat das ganze schon, wenn man sich hier länger aufhält«, habe der gesagt, nachdem der so völlig ausgeflippt sei – schön für ihn, nur, auf so gehirnwäsche habe *er* eben keine lust, er wolle nicht durch jede gehirnwäsche gehen, aber es sehe so aus, als müßte er. wahrscheinlich werde er hier wieder ausgetestet. testfahrten habe er ja schon genügend gemacht, natürlich, das seien ja auch ständig testprozesse, die man da durchlaufe: könnte man nicht doch ein wenig schneller sein? könnte es nicht doch etwas effizienter ablaufen? wo könnte man den arbeitsprozeß noch optimieren? »und dann wirst du selbst getestet: hast du ein starkes nervenkostüm oder nicht? ja, das nervenkostüm testen sie dauernd aus an einem. ständig hast du führungsgespräche mit deinem mentor. ständig werden interviews mit den leuten rund um dich gemacht: ›na, arbeitet er gut, macht er es richtig. wie sieht's aus mit frustrationstoleranz und teamfähigkeit?‹« da würden 20-seitige auskunftsbroschüren über einen erstellt und auch seine sekretärin und seine teammitarbeiter würden befragt und müssen das dann unterschreiben. das gehe immer gleichzeitig nach oben und nach unten – auch diesbezüglich könne man seinem unternehmen nun wahrlich kein hierarchisches vorgehen vorwerfen –

sie sagten: »der herr bender, der ist jung, der ist ehrgei-
zig, der ist schnell. aber der muß sich wohl erst mal die
hörner abstoßen. in zukunft muß man ihm stärker auf
die finger gucken.« und er sage: »gut, machen sie das nur!
ich habe nichts zu verbergen.«

sie sagten: »der herr bender, der werde das schon über-
leben, das könne man dem schon zutrauen, der kriegt das
wieder hin, aber der hat die sache anfangs nicht richtig
angepackt, und außerdem steckt er da in einer angelegenheit drin, die ist juristisch nicht ganz korrekt, da hat er zu
wenig distanz bewiesen. aber trotzdem wird er das über-
leben. wir wissen nur nicht, wie weit können wir da mitgehen.«

und dann sagten sie: »so jemanden wie den herrn bender
können wir uns eben nicht leisten, aber das weiß der
selbst. der wird das verstehen, der hat ja genügend
erfahrung: daß man da nicht ewig mitgehen kann. wir
geben dem mal die schlechteren aufträge, dann wollen
wir sehen. wir geben ihm nur anfänger in sein team, wir
geben ihm die schwierigen leute, dann wird er es schon
verstehen.« und er sage nur: »ich kann das schon handeln.«

sie sagten: »das versteht er noch immer nicht. wir müssen
dem das klarer vermitteln, daß er sich zurückziehen soll,
denn rein arbeitsrechtlich können wir uns das nicht leisten, den vor die tür zu setzen, das geht nicht. aber man
wird ihm um himmels willen zu verstehen geben können, daß er zu verschwinden hat.«

sie sagten: »anscheinend kann man nicht. dann geben wir ihm noch zusatzarbeiten, bis er zusammenklappt. wir werden ihm zusätzlich ressourcen entziehen, dann wird er es schon merken.«

ja, die rechneten damit: »der herr bender, der ist anfang 30, der wird einfach zusammenklappen«, das sagen die sich, »der wird das rein physisch nicht packen, der hat kein rechtswissen, und der hat auch keine erfahrung in dieser angelegenheit«, das sagten die sich. und er sage nur: »gut, schickt mich hierher, dann mach ich auch noch den zusatzjob!«

aber daß man gesagt bekomme: »du bist in sechs monaten nicht mehr hier!« das habe ihn schon frustriert, und so könne er jetzt immer nur sagen: »seht her, ich bin noch immer da!«

*

der partner: ja, warum nennten sie einen arbeitssüchtig? das sei eine gute frage, da lohne es sich schon, eine weile drüber nachzudenken. so einfach lasse sich ja so was nicht mehr behaupten, aber man mache es manchmal, wenn jemand seine zeit fast vollständig mit arbeit verbringe. da kursierten so vorstellungen, da würden plötzlich sauber getrennt die arbeitszeiten von den freizeiten, als ob man das noch könnte. also er müsse sagen, er finde diese vorstellungen seltsam, um nicht zu sagen, so ziemlich absurd.

»nein, man nennt jemanden arbeitssüchtig, wenn etwas nicht funktioniert. wenn alles gut läuft, nennt man einen nicht arbeitssüchtig. arbeitssüchtig nennt man nur den, bei dem etwas schiefläuft, bei dem die projekte nicht mehr klappen. arbeitssüchtig nennt man jemanden, der übermüdet aussieht, der schweißausbrüche kriegt. wo man eben schon sieht: der packt es nicht mehr. der hat das typische herz-kreislauf-syndrom, der kriegt bald ein lungenkarzinom, so wie der kette raucht, so wie der kaum noch schläft.«

aber bei ihm träfe das alles nicht zu: er bekomme keine schweißausbrüche, er habe kein herz-kreislauf-syndrom, er rühre keine zigarette an, und seine frau rufe ihn auch täglich an, um sich zu vergewissern. ja, er sei absolut gesund. von dieser seite könne man ihm also nicht kommen. aber kämen sie andauernd, und zwar mit der begründung, daß ein reibungsloser ablauf nicht mehr zu sehen sei. »und dann frage ich die: ›ja, ist man denn etwa der einzige, der hier am arbeiten ist?‹«

sie aber sagten sich: »ja, aber der herr gehringer, der arbeitet nur noch. den sieht man immer im büro. kommt man morgens rein, ist er der erste, der dasitzt, geht man abends, ist er der letzte. man weiß eigentlich nicht, geht der überhaupt noch nach hause?« das fragten die sich schon, weil die kriegten so was ja schon mit. daß er tatsächlich nicht nach hause gehe. warum? weil er zu hause nichts verloren habe, sondern da, auf seinem arbeitsplatz. weil er zwar nicht der einzige sei, der für einen reibungslosen ablauf verantwortlich sei, aber letztendlich der sei, der die verantwortung tragen müsse.

das wüßten sie auch, sie aber sagten sich: »der herr gehringer zieht gerade seine scheidung durch, der ist nicht mehr so effizient wie früher, der packt es nicht mehr, auf den kann man sich nicht mehr verlassen, der zieht nur noch solche projekte an land, in denen man aufgerieben wird.« sicher, wenn man ihm nicht zuarbeite, wenn sie die arbeit nicht ordentlich machten, dann werde es wohl kein wunder sein.

auch das sei ihnen bekannt, doch sie besprächen sich: »den herrn gehringer, den darfst du im augenblick nicht ansprechen, der wird dir keine antwort geben, der flippt gleich aus oder hält sich ohnehin nur bedeckt. also gehen wir mit dieser sache mit belting auch nicht hin.«
ja, wenn man ihn nicht informiere, sage er mal, kein wunder –
sie aber blieben dabei: »der herr gehringer, der ist überhaupt nicht mehr ansprechbar. dem sagen wir lieber nicht, was sache ist« – er wisse, die glaubten daran: »ach, der herr gehringer, der lebt auf seinem eigenen planeten, den rühren wir besser nicht an, aber irgendwann kippt der uns noch vom stuhl, irgendwann packt er es nicht mehr. den müssen wir langsam aufs altenteil hieven, ohne daß er es merkt. wir müssen den langsam abservieren, ohne daß er es richtig mitkriegt.«
da könne er nur sagen: »ja, haltet ihr mich für einen idioten?« und er wisse, eine antwort kriegt er darauf nicht. er wisse, man wolle ihn loswerden, man rechne mit

seinem abtreten, man habe regelrecht daran gearbeitet, aber man habe es eben nicht geschafft.

abschließend wolle er sagen: »nein, so geht es nicht.«
abschließend wolle er sagen: seine effizienz wolle er jetzt aber lieber nicht in frage gestellt sehen, nein, das wolle er nicht.

*

der senior assciate: abschließend wolle er jedem hier klar-machen: er lasse sich diesbezüglich nicht ans bein pin-keln, nicht von diesen gestalten. er habe eine menge wert generiert fürs unternehmen, und auch wenn das von unternehmensseite schnell vergessen werde, er vergesse es nicht!
ja, abschließend wolle er sagen: so leicht werde man ihn nicht los.

*

– als antwort? als antwort kam dann nichts. antworten kriegst du ja nicht.
– als antwort? hören sie auf! einen vorstand von daimler-chrysler interessiert so was nicht.
– ja, auch der vorstand von mannesmann hört sich sowas nicht an.

*

der partner: er wolle, daß man das nicht falsch verstehe, er sei kein opfer der situation. das sei ihm wichtig zu be-tonen, er sei jetzt nicht in einer ohnmachtsposition, auch wenn es so aussähe. er sei noch immer der, der die entscheidungen treffe. ja, daß man das hier nicht falsch verstehe: er wisse sich schon in einer position zu halten, die diktiere.

der senior associate: wie man sich ständig in einer aktiven position halte? wie man ständig am drücker bleibe? er habe das schon integriert, da müsse er jetzt nicht groß nachdenken drüber, das stelle sich bei ihm schon automatisch ein, dieser blick: »wo kann ich ansetzen, was kann ich da machen?« man könne ja sämtliche situationen so betrachten, daß man darin das eigene aktionspotential sehe, den jeweiligen ansatzpunkt, von dem aus sich handeln lasse. er habe eigentlich noch nie eine situation erlebt, in der es anders gewesen sei.

der partner: wenn sich alle in einer aktiven position halten würden? nein, damit alleine sei es noch nicht gemacht. aber einige probleme hätte man dann doch vom hals. denn sich immer als opfer einer situation anzusehen, sei eben nicht gerade der königsweg. nein, im gegenteil, das bringe nichts. und leider könne man das hierzulande zu oft erleben: dieser hang der leute, aus allen verantwortlichkeiten entlassen zu sein. ganze belegschaften wollten ständig nichts wie raus aus diesem verantwortlichkeitsbereich, kein wunder, daß alles den bach runtergehe. wahrscheinlich sei es dann auch zu spät, wenn sich das rumgesprochen habe: »daß aus der position des opfers nichts zu machen ist«.

*

der senior associate: was er herrn gehringer raten würde? »daß er sich die kugel gibt« (*lacht*). keine ahnung, was man da mache, nein, er könne dem nichts großartiges raten. vielleicht, daß er mal aus seiner beratersteinzeit rauskommen solle, in der er noch immer stecke. und die neben einer unternehmersteinzeit auf ungünstige weise vor sich hinvegetiere, eine unternehmersteinzeit, die im prinzip auch längst nicht mehr vorhanden sei. das könnte man ihm raten, und habe man ihm auch schon mehrmals gesagt. »aber sieht man ihn aus seiner berater-steinzeit rauskommen? nein, man sieht ihn darin eher stehenbleiben, man sieht ihn wie er darin steckenbleibt.« er gelte ja schon als beratungsfossil, wenn er nicht auf-passe, wenn er nicht aufpasse, schiebe man ihm eine menge antiquiertheit in die schuhe – »so sagt man« – na, ein wenig von vorgestern sei er ja schon – nein, aber raten könne er dem nichts. er habe dem nichts zu raten, weil einerseits komme ihm das gar nicht zu, und anderer-seits nehme der das ja ohnehin nicht an. aber sicher, wenn er so überlege: ein jeder mache sich ein bißchen mut mit seinen sprüchen, aber letztendlich müsse doch immer noch eine korrespondenz herrschen zwischen dem, was stattfinde, und dem, was man sich so einrede, und bei herrn gehringer würde er sagen: »tut mir leid: kein kontakt.« man müsse es sich nur einmal ansehen, was der so treibe, dann wisse man doch schon: »der wird jetzt alt. der ist nicht mehr ganz so dabei.« man müsse eben wissen, wann schluß sei, und er wisse das anschei-nend nicht.

*

der partner: wenn er seinem senior associate etwas raten soll? »um himmels willen, sie verlassen ihr projekt jetzt nicht!« nein, man renne aus seinem projekt nicht raus – »ich bitte sie« – man verlasse sein projekt nicht schnurstracks, nur weil einen der schuh ein wenig drücke. man bleibe dabei, aber das wisse der selbst. der wisse es doch selber, wie man die zähne zusammenbeiße, der habe doch immer noch seine zähne zusammengebracht.

er habe ja schon eine menge erlebt: »sicher, vetos kommen, neins kommen, die kommen die ganze zeit, das ist normal. immer hört man: ›das und das geht jetzt aber wirklich nicht.‹« das sei doch normal! mit dem sei zu rechnen die ganze zeit: daß irgendwer blocke, daß irgendwer mit einem nicht zusammenarbeiten könne oder es nicht wolle. man könne ja das meiste nicht machen, was man so machen wolle. zu erwähnen sei auch in diesem zusammenhang, daß man mit diesem ewigen dealen auch leben könne. ja, auf dieses ewige dealen habe man sich eben einzurichten, auf dieses ewige taktische herummanövrieren –

»aber da wächst einem mit der zeit eben so ein zweites rückgrat an erfahrung«, habe er dem gesagt, »und es stimmt«: auf ein zweites rückgrat komme auch er schon bestimmt. das habe er dem oftmals gesagt, doch der habe es wohl nicht hören wollen.

wie man das so überlebe? so physisch? na, vielleicht habe er das ja gar nicht überlebt (*lacht*), wenn man seinem mitarbeiter so zuhöre, könnte man ja glauben, er sei längst im grab. ach, er könne das nicht so direkt beantworten, er schätze mal, er denke nicht allzuviel darüber nach.

ach, wie lange er schon auf den beinen sei? das könne er jetzt auch nicht sagen, er habe diesbezüglich etwas den faden verloren, also er würde sagen: sein körper melde es ihm schon, wenn er schlaf brauche, ja, sein körper melde sich schon zurück.

19. anpassen (die online-redakteurin und die key account managerin)

die online-redakteurin: solle sie jetzt etwa bei ihrem mitleid mitmachen, das die gegenüber dem herrn gehringer habe? nein, bei deren mitleid mache sie jetzt nicht mit. ob sie denn wisse, was so jemand an abfindung kriege? nein, das wisse sie natürlich nicht, aber hauptsache, man habe mitleid gehabt.

»ja, einübung ins mitleid mit managern, das ist doch das, was hier jetzt passiert. zunächst einübung in zahlen, die man doch nicht versteht, und dann einübung ins mitleid mit managern oder beratern, um die sich diese zahlen drehen. und letztendlich noch einübung in den sekundentakt, in dem man zu verschwinden hat, weil man die gegenwart dieser herren stört. aber mit dem mitleid fängt es an, irgendwann komme immer die aufforderung, daß man mit so jemandem mitleid haben soll.«

da kämen eine menge lernprozesse zusammen, eine menge einübung stecke dahinter, eine menge müsse man sich merken, da dürfe man beispielsweise nicht vergessen, jemanden grandios zu finden, nur weil er sich selbst dafür halte, man dürfe nicht vergessen, das gegenteil zu sagen, wenn das eigene unternehmen es wolle, und man dürfe nicht vergessen, eine eigene meinung zu haben, weil man sonst an profil verliere.

*

also sie müsse sagen, man erwärme sich ja für alles, wenn es sein müsse, und letztendlich habe man sich immer schneller in eine sache reingesteigert, als man anfangs gedacht habe und als letztendlich gut für einen gewesen sei. aber etwas fern blieben sie ihr doch, diese gestalten, die hier anzutreffen seien. ja, sie müsse schon sagen: es grusle sie ein wenig vor diesen gestalten, die einem da so in die quere kämen. zunächst mal diese consulter, dann diese investment-typen, nicht zu vergessen diese startup-gestalten, man sehe sich nur mal die zwischenjungs von gegenüber an! aber gruselfaktor zehn, das müsse sie jetzt sagen, hätten doch bitteschön alle diese eifrigen praktikantinnen und praktikanten, die hier am rumwuseln seien. diese völlig andere generation, so müsse sie die mal nennen, die gar nichts menschliches mehr an sich habe.

– ach, du mit deiner praktikantin!

– zuzutrauen ist ihnen alles.

– ach, du mit deiner praktikantin.

– jetzt mal im ernst: was würde die nicht alles machen, wenn es nötig ist?

*

die key account managerin: ob sie sich verändert habe? natürlich habe sie sich verändert, natürlich passe man sich an, wenn man so einen professionalisierungsprozeß durchlaufen habe. da verändere man sich schon. so was mache ja vor einem nicht halt, so ein berufsalltag. und mitfiebern müsse man da schon können, ja, etwas mitfiebern müsse schon sein, etwas mitfiebern mit dem eigenen betrieb. da werde heute keine vollidentifikation mehr verlangt, aber ein wenig mitfiebern müsse schon sein, wie man wisse.

»sehen sie, man verdoppelt sich ja mal schnell in einer pose, man hat ja auch selbstironie zur verfügung«, ja, die sei bei jedem einzelnen ihrer kollegen intakt. die könnten schon ganz gut über sich lachen, die könnten sich durchaus auch mal von außen sehen, und das müßten sie auch. die müßten sich ja auch alles anziehen können, das sei ja ihr job, positionen einzunehmen und wieder zu relativieren. aber andererseits müßten sie auf den positionen auch wirklich vorhanden sein, kurz, man müsse daran glauben, »wo man gerade ist.«

»es ist wie am telefon: man glaubt selber, was man redet, weil man spricht ja durch den apparat.« und eines könne sie sagen: diese telefongespräche häuften sich!

*

die online-redakteurin: ob sie sich verändert habe? aber natürlich, sie bekomme das schon mit, wie sie jemand anderer werde. das könne sie nicht leugnen, das gehe zwar langsam vor sich, aber sie nehme es durchaus wahr. also, daß sie sich verändert habe, liege auf der hand. manche freunde von ihr behaupteten gar, daß sie nicht wiederzuerkennen sei.

»ach, sie meinen, in den letzten stunden?« na, sie wisse jetzt nicht. und temperatur gemessen habe sie auch nicht (*lacht*), aber sie denke schon, daß sie, wenn, an temperatur gewonnen habe. wundern würde sie es jetzt nicht. und ein bißchen fahriger werde sie auch wohl sein.

»das sind ja fragen! man fühlt sich direktgehend observiert.«

*

ja, natürlich hätten sie sich sofort wiedererkannt, sie würden sich ja auch kennen, das habe sie ja schon gesagt, warum solle man es auch verheimlichen. man habe sich wie jedes jahr auf der messe verabredet und dann habe man sich auch gleich wiedererkannt (*lacht*), zumindest glaube sie, auch frau mertens habe sie gleich wiedererkannt. die habe da keine schwierigkeiten mit gehabt, oder (*lacht*)?

wie sie die beschreiben würde? »also silke mertens ist eine frau, die man verwalten muß, bevor sie es selber tut«, denn sie sei äußerst gründlich, zu gründlich manchmal für ihren geschmack. was solle man sagen, die sei schon strikt am ticken und immer vollsynchron mit ihrer gegenwart, »also so ziemlich das gegenteil von einer prada-maus, die sich stellenweise einer idee hingibt. und sie ist immer schon am erkalten, bevor man es selber tut.«

*

wie sie die beschreiben würde? ach, die so ad hoc beschreiben, das könne sie gar nicht: vielleicht weil man sich nur von den messen her kenne. aber es stimme: »durch die ewigen reihen von weißweinschorlen hindurch hält man hier blickkontakt, durch die ewigen reihen von weißweinschorlen, die man abends so hat«, ja, das sei schon richtig – aber aufeinander zulaufen und sich nur erfolgserlebnisse berichten, das würde sie jetzt nicht sagen, nein, sie redeten schon auch über anderes.

»ach, hat sie das gesagt?« (*lacht*) das habe sie gar nicht gewußt, daß die das so sehe. naja, das könne schon sein, sie selbst sei ja schon so ein bißchen eine faschopersönlichkeit (*lacht*) – nein, sie meine das jetzt nicht so im engeren sinn – nein, eher was die werte anbelange: also leistung, effizienz und durchsetzungskraft seien bei ihr positiv besetzte werte, und es sei auch schon wahr, sie bewundere menschen durchaus, die sich überwinden könnten, die sich einer anforderung stellen könnten, die ihre möglichkeiten zunächst einmal überschreite. und sich dann eben überwinden könnten. aber das sei frau bülow wohl eher fremd.

*

»hat sie das gesagt? das ist ja interessant.« sie wisse, hier werde eine menge getrunken, und sie wäre auch wirklich nicht schlecht dabei. das sei oftmals so ein gruppenzwang, aber das müsse man jetzt nicht so übertrieben sehen, frau mertens neige eben manchmal zu übertriebenen formulierungen, ob das noch nicht aufgefallen sei? nein?

*

»ach was, jetzt mal im ernst!« die endlosen reihen von weißweinschorlen würden nur durchgemacht, weil sie andauernd erzählte, wie gnadenlos gut sie sei? »das glaubt sie doch selber nicht?« sie würde sie nur treffen, um sich selbst davon zu überzeugen, was für ein knaller sie sei? also so eine erfolgsmaus sei sie ja nun nicht. »wer rennt denn dauernd auf einen zu und berichtet von erfolgen? erfolge, by the way, die sie gar nicht hat!« das müsse sie schon mal sagen. diese erfolge gebe es nicht! wer komme denn vorbei, welche termine habe die schon? sie habe ja eher den verdacht, daß die noch irgendwann mal den versorgungsposten loswerde, den man ihr da zugeschanzt habe.

*

aber konkurrenz? nein, das sei zwischen ihnen kein thema – wie denn auch? nein, eigentlich mache man sich eher so mut, würde sie mal sagen. nein, konkurrenz sei kein thema zwischen ihnen, mit bestimmtheit nicht, nein, »wir sind auch in unterschiedlichen missionen unterwegs«, da könne von konkurrenz nicht die rede sein. man sei inzwischen eine richtige messebekanntschaft geworden, »engste freundin« vielleicht nicht, aber das müsse man ja auch nicht immer gleich sein.

natürlich könne man sich schon mal auf die nerven gehen, aber man habe eben auch verständnis dafür, wenn es wieder mal heiße: sie habe zu arbeiten. wenn sie ständig auf ihre arbeit pochen müsse, ja, direktgehend auf ihrer arbeit herumreiten, als ob sie so ein professionalitätsapostel sei – aber jetzt mal im ernst: »das ist doch nicht wahr, daß die so superprofessionell ist, wie sie immer tut, so als quereinsteigerin? wo sie doch rausgeflogen ist aus ihrem früheren job« –

woher sie das habe? ja, auch sie habe ihre beziehungen – beziehungen zu roland berger beispielsweise oder beziehungen auch zu ihrem verein.

*

– ja, so was kriegt man über beziehungen mit.
– ja, wer hat nicht einen freund beim handelsblatt –
– also ich habe eigentlich überall freunde sitzen.
– man kennt sich doch quer durch die branche. sicher, es wird einem immer nur die halbe wahrheit erzählt, aber mit dieser hälfte kommt man auch schön weiter.
– mit diesen hälften sind sie alle zügig unterwegs –
– nur, sie treffen nicht mehr aufeinander.
– und irgendwann wird für neue teilungsprozesse platz gemacht.

*

die key account managerin: wenn so was passiere? also sie sage immer: »da kannst du nicht losheulen, da mußt du dich zusammenreißen, du mußt dich auf andere dinge konzentrieren. schließlich sind hier auch immer die medien anwesend. und dann noch die kunden, da kannst du deinen emotionen nicht freien lauf lassen. nur keine medienanstalten machen«, sage sie sich, ja nur keine medienanstalten machen!«

die online-redakteurin: »ja, auf jede gefühligkeit kannst du hier nicht eingehen.« sie sage immer: »du mußt dich zusammenreißen.« sie sage auch immer: »du mußt dich zusammenreißen, das geht doch nicht, daß du hier jetzt losheulst, daß du da durchdrehst. denn das interessiert deine interviewpartner nicht.« ja, eine gewisse emotionale stabilität werde eben von einem verlangt, eine gewisse emotionale stabilität würde sie nicht nur anderen, sondern auch sich abverlangen, nur manchmal klappe es nicht. »aber das interessiert deine interviewpartner nicht. nein, du kannst dich nicht einfach derartig danebenbenehmen, denn das interessiert deine interviewpartner nicht. das interessiert auch die kamera nicht, daß du fertig bist. und dein team hat auch kein interesse daran, daß du schon 20 stunden am arbeiten warst.«

die key account managerin: »ja, wirklich losheulen kannst du nicht. du mußt dich zusammenreißen, denn das geht ja nicht. man muß schon ein wenig kontrolle über sich haben. man muß ja nicht gleich ein kontrollgebirge sein, aber etwas größer soll es schon sein, das felsmassiv, das man in sich zur verfügung hat mit einfahrt und ausfahrt, die man eben auch manchmal geschlossen zu halten hat im arbeitsalltag.«

die online-redakteurin: nein, sie wolle keine maschine sein, »habe ich das gesagt?«

die key account managerin: dann habe man sie wohl miß-verstanden, weil das wolle sie ja nicht sein. nur einiger-maßen klappen sollten die abläufe, da müsse man schon ein wenig dahintersein und sich auch anpassen an die erfordernisse, die gerade so entstünden.

20. schmerzvermeidung

der partner: wie man sich schmerzen erspare? das sei keine einfache angelegenheit, das sei eher so ein system bei ihm. so konkret habe er noch nicht darüber nachgedacht, aber im grunde bestehe ja ein guter teil seines lebens aus schmerzvermeidung, man könne sagen, komplett aus schmerzvermeidung, und je älter er werde, um so mehr sei das der fall. man wisse immer mehr, was einem weh tue und was nicht, man entwickle so seine tricks, und wenn man glück habe wie er, dann wisse man mit ende vierzig so ziemlich genau bescheid, was zu tun sei. man schneide sich eben den schmerzenden teil einfach ab.

der senior associate: wie man sich schmerzen erspare? er würde sagen, durch noch mehr training. man müsse sich eben noch mehr verankern in den abläufen. schmerz sei meistens ein zeichen für ungenügend übung, für fehlgesteuerte prozesse, »man hat etwas nicht richtig im griff«.

er habe das immer durch ein geeignetes training kompensieren können.

der it-supporter: permanente schmerzabwägung? ja, das könnte man sagen – was verursache geringere schmerzen? diese überlegung finde man ja auch in jedem arbeitsprozeß wieder, zumindest könne er das bei seinen kollegen beobachten, wenn man mal anstrengung für schmerzen nähme. oftmals gingen die den weg des geringsten widerstands, was natürlich nicht immer der beste sei. dadurch würden oft fehler verursacht, dadurch würden oft probleme verschleppt.

die online-redakteurin: tabletten, natürlich tabletten, was sonst. »ich meine, wovon reden wir hier?« nein, sie fange jetzt nicht mit der analgetika-kultur an, die es natürlich zu kritisieren gelte, die analgetika-kultur, die uns von allen seiten überwuchere und von der man sage, daß sie eigentlich aus amerika stamme, wo sie längst in die ibuprofen-kultur für die massen und die prozac-kultur für die etwas besser gestellten zerfallen sei. sie gebe es durchaus zu: auch sie werfe durchaus ihre ration ein in stoßzeiten wie diesen, anders ginge es ja auch gar nicht.

die key account managerin: sie erspare sich schmerzen nicht, nein, sie gehe da immer voll durch, d. h. wenn sie krank werde, gehe sie meist auch nicht ins bett, dazu habe sie keine zeit, das könne sie sich im moment nicht leisten. »schauen sie sich doch an, was hier jetzt los ist! ist das etwa der zeitpunkt, an dem man ins bett gehen kann?« nein, das könne man nicht. und wenn man sie jetzt fragen würde, ob sie fieber habe, müsse sie sagen,

sie wisse es nicht. sie habe da etwas den überblick verloren.

nein, sie erspare sich schmerzen nicht, sie ginge da immer
voll durch. wahrscheinlich brauche sie diese kathartische
erfahrung, dieses »ich-habe-überlebt-ding«, wobei sie
sagen müsse: so richtig überlebt habe man dann meist
nicht. man rede sich ein, man habe überlebt, man habe
sogar eine menge überlebt, aber überlebt hätten ja meist
eher so die firmen. man selbst habe zwar so einige situationen durchgemacht, wo man sich nachher frage: »wie
bist du da wieder lebendig rausgekommen?« aber lebendig rausgekommen sei man hernach eigentlich nicht.
man habe es lediglich überstanden, »wie man sagt«.

*

der senior associate: ob er jemanden kollabieren sehen
habe? ob er wirklich jemanden kollabieren sehen habe? er
könne das nicht so genau sagen, »hier jedenfalls nicht«
(*lacht*), nein, im ernst, er glaube eher nicht, er glaube, das
habe sich eher immer anders erledigt. die betroffenen
seien meist schon weggewesen. »so jemand hält sich in
einem unternehmen ja nicht.«

der partner: nein, er habe niemanden kollabieren sehen,
das habe er schon mehrmals gesagt, zumindest niemanden wirklich, d.h. natürlich habe er davon gehört, daß
zwei mitarbeiter kollabiert seien – bei dem einen hieß es
»kreislaufzusammenbruch«, bei dem anderen »nervenzusammenbruch«, das seien aber so leute gewesen, die
restlos überfordert gewesen seien, die hätte man entfernen sollen – aber meist werde schnell über kreislauf-

zusammenbrüche und nervenzusammenbrüche speku-
liert, wo eigentlich keine zu finden seien.

der senior associate: aber auch umgekehrt. beispielsweise
werde irgendwann über einen behauptet, der komme
nicht mehr. irgendwann heiße es, daß der einfach nicht
mehr zur arbeit gekommen sei, daß er einfach ausge-
stiegen sei. da müsse er dann schon annehmen, daß so
jemand kollabiert sei, »weil sowas sagt man nicht einfach
so«, das habe ja meist einen hintergrund. also wenn von
den blumigsten ausstiegsszenarien die rede sei, gehe dem
meist so ein zusammenbruch voraus. das sage man
natürlich nicht, da mache man eine story draus. »ist doch
logisch: man macht immer eine eigene entscheidung
draus.«

der partner: aber so viele mitarbeiter seien jetzt nicht verschwunden, »das können sie auch nicht behaupten«, also
in seiner gesamten laufbahn nicht. das halte sich eher in
grenzen, so viele verschwänden schon nicht. das wäre ja
auch eine absurde vorstellung, daß da immer automatisch ein zusammenbruch im anflug sei. so sehe die wirklichkeit nun auch nicht aus. die meisten leute wüßten mit
ihren energien umzugehen. die meisten leute wüßten,
wann es zeit sei zu gehen.

der senior associate: und doch – es gebe menschen, die
tauchten eben nie wieder auf. er habe sich schon manchmal gefragt, »wo sind die hin?« die seien einfach weg.
natürlich würde man hin und wieder noch was hören,
aber nicht mehr so richtig, und nie von ihnen selbst!

»man hört, die seien eben krank. man hört nur, die hätten sich in therapie begeben« – was für eine therapie, werde schon nicht mehr verraten – »mehr erfährst du ja nicht!« nein, mehr sagten sie einem nicht, »und irgendwann hast du auch vergessen, daß es die gegeben hat.«

die key account managerin: was werde hier zum verschwinden gebracht? sie würde sagen, die praktikantin (*lacht*), aber vielleicht habe es die auch nie gegeben. nein, im ernst, sie habe es ja von einer grafikerin gehört. eines morgens sei eine kollegin in der dusche verschwunden, aus der sie nie zurückgekehrt sei. und auch eine kollegin vom handelsblatt habe ihr so geschichten erzählt, geschichten, in denen der eine oder andere verschwunden sei.

der partner: das sei ja wie das märchen von dem sekundenschlaf auf der autobahn.
die key account managerin: »den soll es geben!«
der partner: »ja, den soll es geben. allein, hier existiert er nicht.«
die key account managerin: und besinnungslosigkeit am arbeitsplatz, das werde manchmal erwähnt – kenne sie aber nur vom hörensagen –

der partner: er habe die erfahrung gemacht, die meisten menschen verschwänden in statistiken –
der senior associate: also er müsse da jetzt an seinen früheren teamleiter denken, der auch völlig urlaubsreif und so ziemlich am ende gewesen sei. der sei manchmal schon richtiggehend unzurechnungsfähig gewesen –

der partner: er sei immer noch der meinung, die meisten leute verschwänden in statistiken.

die online-redakteurin: also in einer statistik verschwinden wolle sie beileibe nicht. »aber weil wir gerade beim thema sind: 13 % aller arbeitnehmer klagen über kopfschmerzen, 20 % über müdigkeit, 30 % über rückenschmerzen und 54 % über streß.« und wo die zahlen derer, die unter nervöser anspannung und wahrnehmungsstörungen und nicht zuletzt depressionen litten, abgeblieben seien und derer, die chronische erkrankungen infolge des stresses entwickelten, wisse sie jetzt nicht. sie wisse nur, die nähmen zu. sie wisse, die zahlen stiegen.

der senior associate: und er würde zu gerne wissen, was mit seinem teamleiter geschehen sei.

die online-redakteurin: »rund 270 millionen arbeitnehmer wurden im letzten jahr opfer eines arbeitsunfalls. das sind in frankreich acht verletzte pro minute. jeden tag sterben 5000 menschen aufgrund ihrer berufstätigkeit.« das seien doch schlagende zahlen, finde sie.

der senior associate: er würde wirklich gerne wissen, was mit seinem teamleiter geschehen sei.

der partner: ja, ja, das sei durchaus bekannt, daß es tote gebe in arbeitsprozessen, das sei auch ihm durchaus vertraut. sicher habe es tote gegeben, und es werde sie auch weiter geben, aber doch in einem ganz anderen arbeitszusammenhang, in ganz anderen bereichen. er brauche nur selbst in betriebe zu gehen, dann sehe er schon, wo so was passiere.

die key account managerin: also sie würde nicht neben jemandem arbeiten wollen, der ständig hyperventiliere, oder jemandem, der ständig am umkippen sei oder betrunken. das müsse sie schon sagen, das würde sie auf dauer nerven. »aber jetzt mal im ernst«: was er dazu sage, daß auf der messe jemand verschwunden sein solle? »einige leute« heiße es, gar eine ganze gruppe.

der partner: was solle er dazu sagen, er halte das für gar keine gute idee. auf der messe verschwinde man nicht, man tauche vielmehr auf, das sei doch das prinzip hier: die messe sei der ort, wo dinge zum erscheinen gebracht würden und nicht verschwänden. also er sehe auch eher leute auftauchen, leute, die sie schon eine ganze weile lang ignoriere.

21. rauskommen (die praktikantin)

die praktikantin: sie störe ungern das gespräch, und sie
wisse, daß es möglicherweise etwas daneben klingen
könne, wenn sie jetzt sage: sie wolle sich hier verabschieden. sie sehe, sie werde auch nicht mehr gebraucht
und komme auch nicht mehr zu wort.
sie wisse, es sei so ziemlich albern, von ausstiegsszenarien
zu träumen, wenn man noch gar nicht drinnen sei, aber
noch eine weitere runde, noch einen weiteren bewer-
bungsmarathon durchlaufe sie nicht. sie habe durchaus
schon einige hinter sich gebracht und höre sich jetzt
nicht mehr an, daß da noch ein weiterer zu durchlaufen
wäre. weil so einen bewerbungsdurchlauf durchlaufe
man ja auch nicht, vielmehr durchlaufe der einen, bis
nichts mehr übriggeblieben sei. und soweit komme es bei
ihr nicht. nein, sie lege jetzt andere wegstrecken zurück,
sie habe jetzt andere fortbewegungsarten im sinn, sie verlasse jetzt diesen ewigen assessment-rausch, diesen test-
modus, in dem alle gefangen seien. sie habe keine lust auf

diese scheinsituationen, diese bewerbungsspielchen – »in der realität kommst du damit ohnehin nicht an.« ja, sie wolle lieber etwas machen, das realistisch sei, »auch wenn das heute gar nicht mehr zu machen ist«, wie ihr onkel, der tischler, immer sage.

jedenfalls höre sie sich sicher nicht mehr an, wie sie einem dauernd sagten, was einem juristen nicht fremd sei und was einem kaufmann nicht fernstehe und einem wirtschaftsprüfer nicht unvertraut. eben wie diese ganzen verwandtschaften und unverwandtschaften ausgesprochen würden. sie sehe sich nicht mehr an, wie ein verwandtschaftsgrad in den dingen und verrichtungen schlummere und plötzlich ausbreche und alles überziehe, ein verwandtschaftsgrad, der sie doch nie betreffe.
ja, verwandtschaften würden ausgesprochen, zu denen sie keinen zutritt habe, und verwandtschaftsgeschichten würden immer dazugepackt, kleine anekdoten, zielanekdoten, würde sie sagen, deren einziger sinn und zweck sei zu beweisen, wie sehr man schon in dieser verwandtschaft parke, ja, geradezu in ihr versenkt sei und dabei urvertrauen entwickelt habe zu seinen fähigkeiten, für die sie wie vernagelt sei. »ach, das bringt der professionalisierungsprozeß so mit sich«, heiße es dann, »das lernt man mit der zeit.« ja, da würden lippen gelesen und daraus temperaturen erkannt und betriebsklimata ermessen aus einem stirnrunzeln, das ihnen immer schon gegenübersitze, während das ihre, das sie gegenüber habe, immer nur sie selbst betreffe.
sie wolle auch nicht mehr in die beispielsreihe rein: »gehen wir von der unternehmensakquise aus: also, du

willst ein unternehmen kaufen ...« – nein sie wolle in keine beispielsreihe mehr rein, und schon gar keine, die mit einem firmennamen beginne: »ich bin jetzt siemens, und du willst eine tochter von mir kaufen.«

»*sie* haben es doch auch gehört!«

»*sie* haben es doch auch gehört: einen vorstand von daimler-chrysler interessiert so was nicht!«

»haben sie doch auch gehört!« und wie sie weiter ungerührt von ihren professionalisierungsprozessen sprächen, als wäre nichts geschehen, als gäbe es noch einen arbeitsmarkt, als wäre das der normale weg, den jeder nehmen könne. »sie haben es doch auch gesehen!« wie sie bewerbungsleichen geflissentlich übersähen, ja, direkt über sie stolperten, weil sie ihnen langsam den weg versperrten. »sie haben doch auch gesehen, wie man sich hier dieser menschen entledigt.« sie wisse, das klinge etwas übertrieben, aber für sie heiße es erst mal: raus aus diesen hallen und hinein in eine andere bewegungsart.

ob sie wisse, wo sie landen werde? keine ahnung, vermutlich »zurück auf start!«, vermutlich wieder am ausbildungsmarkt, so von außen besehen, gehöre sie da wohl auch hin. obwohl sie da jetzt auch nicht die großen hoffnungen habe, und sie müsse sagen, auch keine große lust, in diesen branchen, die hier vertreten seien, zu landen. »sehen sie, es geht ja nicht um fähigkeiten, es geht darum, die richtigen abschlüsse an den richtigen unis im richtigen tempo erworben zu haben, es geht um ein commitment für das system, das man nicht so einfach erwerben kann, das sitzt tiefer in einem drin. darum geht es hier – deine fähigkeiten sind gar nicht gefragt.«

ja, sie wisse, was jetzt auf sie warte. sicher nicht ein ausbildungsmarkt, der sie zum ziel ihrer wünsche bringe. ja,
zurück auf start, das werde es in jedem fall heißen, alles
auf anfang, zusehen, daß man ihr noch eine ausbildung
finanziere. oder eine weiterbildung. nur, wer das riskiere,
wisse sie auch nicht. vielleicht jobbe sie einfach mal so als
putzfrau oder in einem supermarkt –

warum sie dazu lache? wisse sie jetzt nicht.

*

die key account managerin: aber so einfach gehe das auch
nicht. sie könne jetzt nicht mir nichts, dir nichts ab-
hauen. außerdem hätten sie eben gesagt, man solle an ort
und stelle bleiben.

– man soll nicht in halle vier gehen, haben sie gesagt.
– sind wir nicht halle vier?
– das haben sie nicht gesagt.
– nein, im ernst: sind wir nicht halle vier?
– sie haben das erdgeschoß gemeint.
– woher sie das wissen will?
– jedenfalls, man soll an ort und stelle bleiben.

22. sicherheitscheck (der it-supporter und die key accountmanagerin)

der it-supporter: ob ihm jemand sagen könne, was hier los sei, habe er bloß gefragt und keine antwort bekommen. ob ihm jemand sagen könne, was hier los sei, habe er aber weiter gefragt und noch immer keine antwort bekommen, nur die redakteurin habe etwas von »bundesgrenzschutz« gemurmelt, sie habe gesagt: soldaten, sie habe soldaten gesehen. bundesgrenzschutz oder so. er habe der redakteurin natürlich nicht geglaubt und ihr gesagt, sie müsse sich doch wohl getäuscht haben, das könne nicht sein, sie würde wohl welche vom sicherheitsdienst gesehen haben oder menschen im military-look. und sie habe ihn dann gefragt, ob er sie für bescheuert halte. er habe nun nicht gut sagen können: »für bescheuert nicht, aber für betrunken«, und so habe er nichts gesagt. sie aber habe schon weitergeredet: sie könne schon noch soldaten und polizisten auseinanderhalten, ganz zu schweigen vom privaten sicherheitsdienst, auch wenn das den behörden mittlerweile schwerfalle, und – ach ja, auch so zivilbullen erkenne sie mit links, habe sie dann gesagt, und daß man langsam durchaus vermuten müsse, daß er einer von denen sei.

dabei habe er sich nur über den ganzen sicherheitswahn geäußert: was wisse man, ob man mit dem bnd zusammenarbeite, habe er gesagt, das habe sich doch alles dermaßen verzahnt, die ganzen behörden, die ganzen überwachungstechniken, das sei doch unüberblickbar, wer da wo die hand im spiel habe. es sei ja immer wieder zu beobachten, wie ganze datenberge verschwänden, wie ein sicherheitsleck nach dem anderen sich darbiete, habe er ihr gesagt, und wie man über kreditkarten, versichertenkarten und scheckkarten permanent sichtbar sei. und dazu komme, so müsse man beifügen, daß die rechtliche lage immer mehr in diese richtung ziehe, ja, er müsse eher sagen »verschwimme«. was wisse der bürger noch davon, habe er gesagt, was ihr aber ganz gleichgültig gewesen sei. sie habe bloß weitergeredet, aufgezählt, wen sie noch alles mit links erkennen könne und daß sie dies zur genüge bei demonstrationen früher gelernt habe, daß man ihr also nichts vormachen könne. ja, was die gewaltenteilung sei und wie schnell sie aufzuheben sei, sei ihr durchaus von demonstrationen »von früher« her bekannt. er habe in dieser auskunft keinen sinn gesehen und habe ihr dann letztlich wohl doch gesagt, daß sie betrunken sei. darauf habe sie aber überhaupt nicht mehr reagieren können, im gegenteil, sie habe einfach weiterdoziert.

also bei seinem problem, zivilbullen zu erkennen, mache sie jetzt nicht mit, habe sie fortwährend gesagt, und habe nicht aufgehört zu betonen, wie lange es gedauert habe, bis sie überhaupt mit einem polizisten habe freundlich reden können. da habe sie erst dreißig werden müssen, bevor sie mit einem polizisten freundlich habe reden können, habe sie gesagt, und wie sie auch jetzt noch immer einen schreck bekomme, wenn sie einen polizisten ansprechen müsse. ja, auch heute ginge sie nicht gerne auf einen polizisten zu und frage: »was ist da los? ist was passiert?«, um dann zu hören: »die allgemeine lage, das ist die allgemeine lage.« lieber wäre es ihr jetzt also, jemand anderer frage nach. das mache aber keiner, weil sie alle schiß hätten. schiß, eine antwort zu bekommen, habe die gesagt. und er habe dann nur noch gemurmelt, er sehe noch immer keinen polizisten. mag sein, daß er auf diesem auge blind sei, habe er gerade sagen wollen, aber dann habe sich schon seine kollegin eingemischt.

»ach, die machen doch auch nur ihre pflicht«, habe sie gesagt und ihr weiter erklärt, daß die ja gar nicht der polizei, sondern der messeverwaltung unterstellt seien, habe sie die informiert, weil sie gar nicht genau verstanden hätte, was sache gewesen sei, geschweige denn in welchem zustand frau bülow mittlerweile gewesen sei. die habe dann jedenfalls wiederum etwas von »vorauseilendem gehorsam« gesagt und dann sei der streit komplett gewesen, denn einen vorauseilenden gehorsam habe frau mertens natürlich bei sich noch gar nicht entdeckt gehabt.

»ich bitte sie, ein jeder ist hier um seine sicherheit besorgt, und ein jeder denkt ein wenig mit, wenn es um die eigene sicherheit geht, aber die frage ist doch: wer denkt da noch mit? und wie weit wird wirklich gedacht? und dann stellt man fest, es wird nur eine weitere locke auf der glatze gedreht, aus der unsere sicherheitssituation hier besteht. es geht doch hier längst nicht mehr um die frage: wird man gefilmt? die haben wir schon längst beantwortet, jetzt muß man sich fragen, wer sitzt vor den monitoren? antwort: kein mensch! kein mensch sitzt da und wertet das aus, was zu sehen ist.«

*

nein, vorauseilenden gehorsam habe sie nicht bei sich vermutet, vorauseilender gehorsam halte sich auch nicht in ihr versteckt, nur weil sie manchmal hier auf den wachschutz zurückgreifen müsse oder weil sie den sicherheitskräften einiges entgegenkommen bringe.
und sie verstünde sich dann auch nicht als verlängerter arm von polizei und staatsgewahrsam, sicher schicke sie manchmal jemand weg, ja, manchmal schicke sie leute weg. manchmal entledige sie sich einiger fälle. aber sie hole nicht gleich den wachschutz. sie sage es ihnen lieber erst mal selbst, daß sie zu verschwinden hätten – und manche gingen auch von alleine, wie man gesehen habe.

wie viele sie so wegschicken müsse? das seien nicht so viele, aber es würden tendenziell immer mehr. erfahrungsgemäß würden es immer mehr gegen messe-ende hin. es wären hier schon so einige gestalten vorbeigekommen, die absolut unangenehm gewesen seien.

wen man alles abwimmeln müsse? ja, das sei eine gute frage. prinzipiell sei das hier ja eine publikums- messe, so wie es aussehe, und keine fachmesse, obwohl das schon mal anders gewesen sei. aber wahrschein- lich wegen der schlechten konjunktur habe man es sich anders überlegt. da sei ja auch krethi und plethi vertreten, sie meine, schon was die stände betreffe. sie sei sich da nicht so sicher, ob da überhaupt noch ein fachlicher zu- sammenhang existiere. na, und dann kämen eben auch noch diese menschen an.

sie sage sich immer: »das sind nicht die menschen, an die sich unser unternehmen wendet, das sind nicht die menschen, für die sich unser unternehmen interessiert«, sage sie sich: das schon mal überhaupt nicht. mehr noch, das seien auch nicht die menschen, für die sich über- haupt jemand interessiere. zumindest arbeiteten die nicht. am ende irgendwelche sozialhilfeempfänger, würde sie mal sagen, ja, so sähen diese typen doch aus. typen, da müsse man davon ausgehen, die kämen auf die messe, weil sie nicht wüßten, wo sonst noch hin. da sei man ja schon froh, wenn man schulklassen und rentner vor sich stehen habe.

*

trotzdem: sie habe ihre eigene stimme nicht wieder- erkannt, wie sie da gesprochen habe, wahrscheinlich sei sie doch ein bißchen abgespannt. »ja, manchmal setzt es eben aus.« die anderen hätten sich jedenfalls so ziem- lich erschreckt. aber auch sie habe sich richtiggehend erschreckt über sich. daß sie jemanden so anbrüllen könne, das habe sie schon geahnt, daß sie mal lauter werden könne, das sei ihr auch bekannt gewesen. aber diese tonlage habe sie von sich nicht gekannt, das sei ja wie ein fremder gewesen, der sich durch sie durchgesprochen habe.

aber auch umgekehrt, das müsse sie betonen: in welchem tonfall man hier angesprochen werde! »in diesem tonfall spricht man mich hier nicht an!« habe sie sich gesagt und sei immer vom gegenteil belehrt worden. zumindest in letzter zeit. in diesem tonfall spreche man sie da nämlich schon an, ja, in diesem tonfall spreche man sie hier permanent an, doch habe man sich getäuscht, wenn man denke, man könne sie so einfach in diesem tonfall ansprechen und zurück komme da nichts. da habe man sich getäuscht, wenn man denke, man könne seinen frust bei ihr abladen, nur weil sie hier dastehe und nicht wegkönne, den ganzen ärger bei ihr loswerden, da habe man sich getäuscht, habe sie gesagt –

*

ach, der habe so geblinzelt. er sei so vor ihr rumgestanden und habe ihr in dieser angelegenheit nicht recht geben können. er habe sich bemüht, ihr recht zu geben, aber er könne es wirklich nicht, habe er ihr dann gesagt und weiter geblinzelt. er müsse ihr da sogar entschieden widersprechen, habe er ihr gesagt und geblinzelt, aber da müßten sie sich noch mal eingehender darüber unterhalten. vielleicht könne man ja mal gemeinsam was essen gehen, habe er ihr gesagt und aufgehört zu blinzeln, sei aber weiter vor ihr rumgestanden.

165

»ich meine«, nicht daß sie sich nicht auch manchmal frage: »wann kommt es zum geschlechtsverkehr?« nicht daß sie sich nicht auch manchmal sage: »kommt es endlich zum berühmten geschlechtsverkehr, den man auch hin und wieder haben muß und von dem selbst hier auch wieder die rede ist?« doch die antwort habe sie auch schon parat: »zu diesem geschlechtsverkehr kommt es nicht.« die erotik falle eben flach an einem ort wie diesem, da komme höchstens dann und wann ein schatten der vergangenheit vorbeigehuscht, so ein familienvater aus einem anderen unternehmen, der ein nettes abenteuer suche oder an eines anknüpfen wolle. aber auch dem sage man dann: »hat man sich etwa nicht so hübsch ausgemacht, daß man nur noch kollege ist? hat man sich etwa nicht hübsch ausgemacht, daß man nur noch kollege ist und nichts weiter, daß da nichts mehr laufen darf, daß man miteinander jetzt nichts mehr hat? man hat das so hübsch ausgemacht, und jetzt muß man eben dabei bleiben!« so was sage man dann, und dann zögen sie meist schon wieder von alleine ab. nur dieser eine typ sei vor ihr stehengeblieben und habe wohl eine weitere antwort erwartet, wie man eine weitere antwort eben nicht erwarten solle. und die habe sie ihm dann gegeben, auch wenn das etwas übertrieben gewesen sei.

*

auch eine form von paranoia, sei ihr eben gesagt worden, mit der sie werde umgehen müssen. auch eine form von paranoia, die man sich zulegen könne in diesen tagen und die einen nicht direkt vorwärtsbringe. sie könne ja nicht alle wegschicken, nur weil da einige seien, die sich nicht normal verhielten. sie könne ja nicht jedesmal den wachschutz rufen, habe auch sie sich gesagt.

ja, wieder habe sie jene frau da stehen gesehen, so gestochen scharf diesmal, sie habe sie am anderen ende des ganges stehen sehen, aber so gestochen scharf habe es diesmal ausgesehen. ja, wieder habe sie die eine frau gesehen, die sie angeglotzt habe mit einem blick, dem es an eindeutigkeit nun wirklich nicht gemangelt habe.

was solle sie schon gemacht haben? während die frau sie angestarrt habe, habe sie es immer mehr mit der angst zu tun bekommen. während die frau sie angestarrt habe, habe sie zu der redakteurin gesagt: »ach was, die machen doch auch nur ihre pflicht.« während die frau sie angestarrt habe, habe die redakteurin ihr irgendwas von zivilbullen erzählt, was sie nicht verstanden habe. während die sie angestarrt habe, habe auch sie sich gesagt: »auch eine form von paranoia, die sich da durch dich durchbewegt.« – »ich meine, ich habe sie ja nicht umgebracht, oder irre ich mich?«

*

aber nein, über eine militarisierung habe sie im augenblick nicht nachgedacht, sie glaube auch nicht, daß das im augenblick das thema wäre. das thema sei hier ein ganz anderes: wo nämlich alle abgeblieben seien?
erreichbarkeit als oberste bürgerpflicht würde sie jetzt nicht sagen, das habe man ihr jetzt schon ein wenig in den mund gelegt, aber es gebe hier langsam solche, die ihre unerreichbarkeit wie einen fetisch vor sich her-

trügen. nein, erreichbarkeit als oberste bürgerpflicht, das wäre durchaus mal einzufordern, das sollte in jede manteltasche passen und sollte auch durchführbar sein. da bedürfe es nur einer kleinen willensanstrengung, ja, ein klein wenig mehr härte zu sich selbst wäre schon zu erwarten. das habe hier etwas mit höflichkeit zu tun. aber über so was verfüge ja ein herr belting nicht.

sie könne jetzt nicht sagen, wie lange sie schon warte, nein, das könne sie nicht.

23. auszeit nehmen!

der senior associate: also für ihn wäre das nichts. er habe ja pause gemacht, er habe sich ja durchaus schon mal eine auszeit genommen, er habe sich gedacht: warum nicht? eine weile mal nichts tun, könne er sich vorstellen. mal ein kind aufzuziehen, mal ein buch zu schreiben oder etwas anderes für sich zu tun? warum auch nicht, habe er sich gedacht, und was habe er gemacht? gar nichts habe er gemacht, d. h. er habe probleme bekommen – »ist doch logisch.« menschen, die gewohnt seien, über 14 stunden am tag auf druck zu arbeiten, die könnten das nicht einfach abstellen, die setzten das fort. die würden sich immer situationen suchen, in denen sich dieser streß von alleine wieder einstelle.

was er dann gemacht habe? ach du meine güte, er habe zuerst gedacht, er müsse von einer party in die nächste fallen, er habe gedacht, er müsse jetzt alles mögliche auf einmal erleben. er meine, man habe es ja im

blut, den streß. er habe zuerst gedacht, das seien die hormone, er brauche einen ausstiegsort für seine hormone,
einen geeigneten ausstiegsort, ein fahrziel sozusagen für
die. da habe er erst mal an frauen gedacht. natürlich, auf
den gedanken komme man schon mal, »sehen sie mich
nicht so an!«

also jedenfalls habe er sich erst mal so einen frauenstreß
organisiert, »oh meine backe«, das möchte er nicht mehr
erleben. er habe eben mit mehreren frauen was gehabt, er
habe sozusagen mehrere freundinnen gehabt, ja, und
irgendwann sei es dann zum großen krach gekommen.
das habe er durchaus nicht wollen, das sei eben so
passiert. ja letztendlich sei so eine situation entstanden,
die habe er wohl nicht mehr ganz im griff gehabt.
um es mit einem bild zu sagen, manches schaukele sich ja
erst langsam zu einem autounfall hoch, manchmal aber
nähere man sich einem autounfall zielstrebig, und dies
sei wohl damals der fall gewesen. das sei der reinste crash-
kurs gewesen, den er da unternommen habe.

er habe zeitweilig drei freundinnen gehabt. eigentlich nur
zwei, und das sei auch eine ganze weile gutgegangen, aber
dann sei die dritte gekommen, die sei ihm eben passiert,
und ausgerechnet die habe dann alles ins rollen gebracht.
er wisse, er brauche eben die challenge, er brauche eben
etwas anspannung. nur die frauen brauchten das wohl
nicht, habe er erkannt. jedenfalls sei es dann zu einigem
tumult gekommen, aber er müsse schon durchaus zugeben, eine weile habe ihm das schon spaß gemacht,
seinen alltag diesbezüglich zu organisieren. »das ist ja ein

ziemlicher organisationsaufwand, wenn du 2–3 frauen suggerieren mußt, daß sie die einzigen sind. aber irgendwann schafft dich das schon.« da arbeite er lieber seine 16 stunden durch. also kurz gesagt: nein, so einfach abschalten, das ginge eben nicht.

*

die key-account-managerin: ja, das sage sich so leicht, eine auszeit nehmen, einfach mal abschalten. als käme man dann automatisch auf urlaubsgedanken, aber auf so urlaubsgedanken komme man nicht, und wenn sie mal urlaub habe, würde sie auch nicht an diesen urlaub denken, im gegenteil, sie werde dann nervös. bzw. letztens sei sie andauernd nervös gewesen. sie habe einfach nicht abschalten können und habe immer im büro angerufen, ob dies und das schon erledigt wäre. ob man an dies oder das gedacht hätte. und die seien natürlich umgekehrt auch ständig mit ihren problemen angekommen. also im endeffekt sei sie dann doch dauernd im büro gewesen, obwohl es ihre auszeit gewesen sei.

der it-supporter: er sei ja aufgrund seiner allergien, die er sich so erworben habe in den letzten jahren, ohnehin gezwungen, sich hin und wieder eine auszeit zu nehmen, aber er müsse sagen, seine auszeit verbringe er dann auch komplett in der medizin. man habe bei ihm ja eine erhöhte infektneigung festgestellt, was naheliegend sei. denn schließlich sei sein immunsystem lädiert. was schon zu ahnen gewesen sei, nachdem er andauernd krank geworden sei. logisch. der arzt sei immer angekommen: »die zahl der weißen blutkörperchen ist zu wenig! die

zahl der weißen blutkörperchen nimmt bei ihnen ab!«
nicht, daß er jetzt leukämie habe oder sonst eine form des
krebs, es sei eben nichts anderes bei ihm festgestellt worden als die erhöhte infektneigung aufgrund der relativen
abnahme der weißen blutkörperchen. was das für infekte
seien, habe man ihm schon wieder nicht gesagt, unter
denen er da leide. welche viren da jeweils einzug hielten.
früher sagte man ja »sommergrippe«, als gäbe es das. alles
habe für diese sommergrippe herhalten müssen, bis es
sich auch im allgemeinen bewußtsein durchgesetzt habe:
»eine solche sommergrippe gibt es nicht.«

*

der partner: ob er sich vorstellen könne, arbeitslos zu
sein? aber nicht doch. »das geht jetzt doch zu weit, ja?«
(*lacht*) nein, er könne sich das nicht vorstellen. zum
einen, weil das bei ihm gar nicht mehr möglich sei –
»sehen sie, selbst wenn ich das unternehmen verlasse,
habe ich noch genügend kontakte« –, zum anderen, weil
er diesen zustand auch nicht suche, und er beschäftige
sich auch lieber mit sinnvolleren und angenehmeren
gedanken. »da müssen sie schon jemand anderen hier
fragen.«

der senior associate: «sehen sie, ich würde ja auch nicht
in linie arbeiten.« er würde ja auch nicht so eine 40-
stunden-woche hinnehmen, so einen acht-stunden-ar-
beitstag. er habe ja in einer bank angefangen, da sei das so
üblich gewesen, daß um 18 uhr alle außer haus gingen.
das könne er sich nun gar nicht vorstellen.
die key account managerin: also für sie sei das der ab-

solute horror gewesen. sie sei eine weile arbeitslos gewesen, bevor sie in dieses unternehmen gekommen sei. das wolle sie nicht noch einmal erleben – gut, das sei ja nicht freiwillig gewählt gewesen, also sie sei ja nicht freiwillig raus, habe sich sozusagen nicht freiwillig eine auszeit genommen, im gegenteil, die auszeit habe sich ihrer angenommen. freiwillig würde sie sich auch keine auszeit nehmen, sie wüßte nicht warum. wenn jemand zu ihr sage: »sie sollten mal eine auszeit nehmen«, heiße das doch nur: »du wirst hier nicht mehr gebraucht.«

also arbeitssuche sei ein full-time job, könne sie nur sagen, »aber was heißt schon full-time job?« – das sei mehr als das gewesen, sie sei ja wie besessen gewesen, rund um die uhr damit beschäftigt, »was heißt beschäftigt?« – das halte einen psychisch besetzt. und sie halte sich ja nicht schnell mal für psychisch besetzbar, aber das sei nicht mehr zu überbieten gewesen. die ganze zeit habe sie nachgedacht, was sie unternehmen könne, um zu einem job zu kommen. doch selbst da gebe es grenzen – »ja, irgendwo erschöpft sich dein ideenkontigent, und dann greifst du sogar zu unkonventionellen mittteln« –

der partner: »wir kommen hier alle wieder unter. um uns brauchen sie sich mal keine sorgen zu machen.« sicher, er wisse nicht, wie es um die redakteurin stehe, aber alle anderen hier, da sei er sich sicher.

*

der partner: noch mal, nein, das könne er nicht denken. – und um ehrlich zu sein, ihm reiche ja schon die zeitspanne, als er verhindert gewesen sei wegen seiner stimme. weil doch seine stimme ihn verlassen habe – er habe das doch vorhin schon erzählt: sein stimmverlust, der ihn beschäftigt gehalten habe – »wissen sie«, das sage sich ja so leicht: man suche einen spezialisten auf, der einem da helfen könne – die müsse man erst finden, »mit dem richtigen kommen sie mal erst in kontakt!« das sei gar nicht so einfach. sicher, er habe natürlich seine kontakte, an spezialisten grundsätzlich mangele es ihm nicht. aber sie hätten ihm alle nicht helfen können. das habe schon einige zeit in anspruch genommen, bis er da jemand gefunden habe, der ihm helfen habe können.

was solle er schon gemacht haben, er hat sich ja darauf konzentriert, seine stimme wiederzubekommen. er sei, wie gesagt, von einem arzt zum anderen gerannt, von einem chefarzt zum nächsten, im uniklinikum sei er gewesen, kurz, er habe die zeit genutzt, um seinen körper möglichst wieder in form zu bringen. das sei ja kein freiwilliger aufenthalt im abseits gewesen. und letztendlich habe er dann über einen kollegen diesen spezialisten getroffen, der ihm zur hypnosetherapie geraten habe. und die habe er dann gemacht.

*

die key account managerin: alle nägel kurz und klein gebissen. auf die wände gestarrt. die haare raufen, »was kann ich ihnen sonst noch anbieten?« und rund um die uhr telefoniert. ja, andauernd gespräche geführt, termine ausgemacht. telefonlisten sei sie durchgegangen, also im prinzip auch nichts anderes, als sie jetzt mache. nur mit

174

dem feinen unterschied, daß sie damals ziemlich frustriert gewesen sei – »sie müssen verstehen«: die verlagsbranche sei in der krise, einen job finde man da im augenblick nicht. und letztendlich habe sie das angebot, das sie zunächst nicht annehmen habe wollen, angenommen. ja, letztendlich habe sie sich eingelassen auf die geschichte hier.

»also, das ist schon ein irrsinnsdruck, dem du erst mal standhalten mußt.« da gebe es ja auch offizielle zahlen, daß durch den arbeitsentzug und den gesellschaftlichen druck die belastung beinahe verdoppelt werde.

der senior associate: er erinnere sich auch nicht mehr daran, wann dann die panikattacken aufgetreten seien, ja, wann er zum ersten mal wirklich streß mit sich bekommen habe, weil er mit der situation nicht zurecht gekommen sei, aber er müsse hier mal betonen, eine arbeitssituation sei es nicht gewesen, im gegenteil, das sei eben in jener zeit, die er sich genommen habe, aufgetreten. das war das sogenannte private, das das mit ihm gemacht habe. also für ihn wäre das nichts.

aber plötzlich seien sie dagewesen, die panikattacken, also wenn man das noch nicht erlebt habe, dann wisse man nicht, was das sei. das sei so ziemlich die schrecklichste erfahrung, die er gemacht habe. ja, wenn man es drastisch formuliere, würde er sagen, diese auszeit habe ihn beinahe umgebracht.

24. wir schlafen nicht

der senior associate: er denke dexedrin, also keine hexe-
rei. mit dexedrin werde so was leicht gemacht. oder ephe-
drin, so vom wirkstoff her. captagon habe man das früher
genannt. und heute werde es wohl auch noch so heißen,
so vom markennamen her. wachmacher eben, amphe-
tamine.
er habe das zeug gar nicht genommen, wie gesagt, er
brauche das ja nicht mehr. das laufe bei ihm rein über
den adrenalinspiegel ab.

der it-supporter: also kollegen hätten sich das gesicht ge-
waschen, kollegen hätten frischluft geschnappt, sie hätten
red bull getrunken, auch kaffee verhindere in gewisser
weise den schlaf. er schaffe das ohne. er brauche das
nicht. er könne mittlerweile trinken, was er wolle, er
merke das nicht mehr.

die online-redakteurin: alleine der alkohol halte einen wach. sie habe es ja schon eingangs erwähnt. hier ein sektchen, da ein sektchen, da werde kein unterschied gemacht: ein sektchen gebe es überall. und die folge davon sei ein ständig aufgekratzter zustand. und sonst? sie glaube, das sei wie bei den delphinen, »irgendein teil bleibt immer in dir wach, damit die atmung funktioniert, damit die flüssigkeit, die dich notwendigerweise umgibt, nicht die oberhand gewinnt. ja, von irgendwo muß sauerstoff her, aber es gibt auch eine atmung in dir, die gibt sich mit sauerstoff alleine nicht zufrieden.«

der partner: wie lange er schon auf den beinen sei? könne er jetzt nicht sagen, er wisse das längst nicht mehr. also er zähle die stunden jetzt nicht, und von tagen könne man hier in diesem rahmen nun wirklich nicht mehr sprechen.

die key account managerin: »also ich empfind's nicht als belastend.«
der senior associate: trotzdem würde er sagen: ein adrenalinjunkie sei er nicht –
die key account managerin: »also ich komme damit klar.«

die key account managerin: nein, man habe sich nicht abgesprochen, so was ergebe sich eher. »ich meine, das ist ja klar«, daß man hier nicht viel zum schlafen komme, auch sei klar, daß man sich so gegenseitig in stimmungen hochputsche, man halte sich eben gegenseitig wach. aber das laufe ganz subkutan ab. das sei jetzt nicht so geplant,

das sei die logik, in die man sich begebe, wenn man auf
eine messe wie diese hier gehe.

*

– das haben *sie* gesagt! nein, er würde das nicht so bezeichnen.
– auch das haben *sie* gesagt!

der partner: nein, für ihn sei das im prinzip kein aus-
nahmezustand, das sei mehr der normalzustand. also als
experiment könne man das schon aus diesem grund
nicht bezeichnen. auch würde er da vorsichtiger vorgehen mit solchen annahmen.

die key account managerin: so außergewöhnlich sei das
nun auch nicht. also von der heiligkeit des schlafes könne
ja doch nicht mehr die rede sein. »wer von der heiligkeit
des schlafes spricht, hat die letzten zwanzig jahre ver-
pennt. was wurde da alles schon versucht!« außerdem: im
militärischen kontext würden noch ganz andere dinge
gemacht, und wen wundere es, wenn man sich jetzt sage:
»wenn das soldaten dürfen, warum nicht auch wir?«

der partner: er habe auch über diese experimente gelesen,
diese schlafentzugsexperimente, die man, so glaube er,
schon in den 60ern gemacht habe. das habe also schon
lange tradition. aber das sei hier ja wirklich kein experiment im engeren sinn. so könne man das nun wirklich
nicht bezeichnen –

*

der partner: nein, man sei hier auch nicht ausgewählt worden, er habe sich frei dazu entschlossen, hier zu sein. »sehen sie, ich glaube, ich muß *sie* von einer vorstellung befreien, die *sie* anscheinend verfolgt: das ist keine heimliche verabredung, die wir getroffen haben.« das sei so eine phantasie aus den – na, er würde fast sagen: 70er jahren.

der senior associate: warum er hier ausgewählt worden sei? ja, warum er hier ausgewählt worden sei? sei er hier ausgewählt worden? er erinnere sich nicht daran. wahrscheinlich liege es an seinem leistungsprofil. und dann werde es wohl bekannt sein, daß er ohnehin kaum mehr schlafe. ach, letztendlich werde man doch immer ausgewählt. »ich meine, du hast uns doch auch ausgewählt!«

der partner: noch mal. er sei hier nicht ausgewählt worden, er habe sich selbst dazu entschlossen. »und wenn ich ausgewählt worden wäre, würden *sie* das doch sicher am besten wissen, warum, oder irre ich mich?« jedenfalls sei es seine entscheidung gewesen, hier zu sein.

der it-supporter: wenn er sich hier einschalten dürfe, so ganz freiwillig sei es bei ihm nicht gewesen. er sei da schon unter druck gesetzt worden, wenn auch nicht so direkt, auf die messe zu kommen. eben die übliche geschichte. »man sagt ja nicht: ›sie müssen das jetzt machen!‹ man sagt: ›es wäre besser für sie. sie könnten dies und das machen, sie könnten diese oder jene aufgabe wahrnehmen.‹«

– aber direkt hat man es ihm nicht gesagt?

– nein, er hat doch eben gesagt: so direkt eben nicht. da gibt es schon andere arten, es einem zu verklickern.

– eben.

– was eben?

– auch er hat es freiwillig gemacht.

*

also bitte, er wolle noch selber entscheiden dürfen, wann er hier pause mache und wann nicht. er wolle selber entscheiden dürfen, wann er hier gehe oder nicht, »wann schluß ist«, oder?

*

der partner: »nein, da kann ich sie beruhigen.« er könne sich ja so manche erschöpfungszustände vorstellen, aber ein erschöpfungszustand sei das nicht. er sei ja seit jahren an seine schlaflosigkeit gewöhnt, da sei nichts aufregendes für ihn dabei. sicher, ein paar wahrnehmungsstörungen träten schon auf mit der zeit, würde er sagen, und daß es so ruhig geworden sei, liege mehr an seinem inneren zustand –

»ach, kennt man doch, daß man sich unschlüssig gegenübersteht und sich nicht sicher ist, ob das wirklich der mensch ist, mit dem man beispielsweise eine schwierige situation durchgestanden hat, oder ob das doch ein ganz fremder ist.« psychische dissonanzen würde er das nennen, die neben den kognitiven dissoziationen durchaus mal auftreten könnten.

die key account managerin: aber es stimme, man würde nicht mehr soviel mitkriegen, man spare doch so einiges aus aus dem wahrnehmungsfeld. eine art tunnelblick stelle sich mit der zeit ein, und man könne nur froh sein, wenn dieser tunnelblick einen nicht so treffe, denn so einer könne vernichtend sein.

*

die key account managerin: nun, zusammengezwungen würde sie es nicht nennen, nein, würde sie nicht, aber es sehe so aus, von außen zumindest müsse es so aussehen, das würde sie schon zugeben (*lacht*). es sehe so aus, als hätte man schon einige zeit miteinander verbracht, was im grunde auch richtig sei, alleine, wie lange, wisse sie jetzt nicht. man werde auch nicht loskommen voneinander in nächster zeit, »so wie es aussieht« (*lacht*), das gelinge einem unter den bedingungen eher nicht. na, alleine mit herrn gehringer wolle sie jetzt nicht sein, das wäre ihr weitaus zu anstrengend. (*lacht*)

25. schock

die key account managerin: sie habe eben ihre stimme verloren, »entschuldigen sie«, für einen kurzen augenblick habe sie ihre stimme verloren, sie wisse jetzt auch nicht, ob sie schon dermaßen übersteuert sei, da passiere schon mal sowas, aber sie wisse jetzt auch nicht, ob sie die situation richtig interpretiert habe. sie habe einen augenblick daran gezweifelt, daß sie ihre stimme wiederkriegen könne, aber wie man sehe, habe sie es doch geschafft.

*

sie habe das bild der rennenden menschen einfach nicht einordnen können.

*

auch herr belting habe rennen müssen, und björn habe sie laufen gesehen noch mit dem aktenkoffer in der hand, den mantel leicht geöffnet, und diese steuerfachfrau und herrn rieder, ja, minister rieder habe sie laufen sehen, alle habe sie rennen gesehen, durchs fenster beim durchgang hindurch. sie seien alle am rennen gewesen, und das habe ein komisches bild abgegeben. so verlangsamt habe es ausgesehen, wie sie mit ihren wehenden mänteln und anzügen über das messegelände gelaufen seien, dem ausgang entgegen, die meisten nicht einmal richtig angezogen. sie habe gesehen, wie sich die leute angerempelt, sich gegenseitig praktisch aus dem weg gedrängt hätten. manche hätten einen erschrockenen, ja, panischen ausdruck im gesicht gehabt, andere hätten wiederum normal gewirkt, so, als würden sie beim joggen einen schlußsprint einlegen.

*

was sie dann gemacht habe? sie sei einfach wieder zurück zu ihrem arbeitsplatz gegangen. sie habe es nicht integrieren können, dieses bild, ja, es sei mehr so ein bild gewesen, ein bild ohne bildanschluß, wenn man so wolle, und so sei sie einfach zurück und habe weitergemacht. sie meine, das sei ja auch möglich, und so habe sie gedacht, das wäre auch angebracht. aber dann habe sie sie stehen sehen, in einer gruppe draußen stehen sehen, wie sie in ihre richtung gestarrt hätten, herr belting und mister rieder, und björn sei auch dabeigewesen, ohne auf sie zu reagieren, ohne auf ihr winken zu reagieren. und jetzt frage sie sich, ob mit ihrer wahrnehmung alles in ordnung sei.

jedenfalls: und dann habe sie etwas sehr dummes gemacht. sie habe plötzlich an das handy gedacht, das in

ihrer tasche gewesen sei. das einzige, das hier noch funktioniere, das einzige mit funkkontakt. und dann habe sie
dieses handy benutzt, diesen einzigen kontakt nach
draußen, wie es scheine –

– und?
– sie hat ihren it-supporter dran gehabt. dabei stand der
neben ihr. sie hat immer nur die stimme des it-supporters gehört, sie ist sich ganz sicher, obwohl er neben ihr
stand.
– und? was hat er gesagt?
– sie möchte das jetzt nicht wiederholen.
– und?
– der kontakt ist abgebrochen. d. h., sie hat aufgelegt, und
dann war er plötzlich weg. der ist plötzlich verschwunden. einfach weg.

– sie möchte jetzt lieber nicht (*hustet*) weitersprechen.
– sie möchte jetzt wirklich lieber nichts sagen.
sie wolle (*hustet*) jetzt lieber nichts sagen.

*

der partner: übersprungshandlung. kenne man ja. also er
würde ihr keinen strick daraus drehen, er finde es durchaus verständlich, daß sie mal durchdrehe, das müsse ja
manchmal sein – ja, übersprungshandlung, das könne
schon mal passieren, da solle sie sich jetzt nicht verrückt
machen, das würde auch bei anderen grassieren.

*

(*hustet*)

*

die online-redakteurin: trotzdem: sie würde schon gerne siebzig werden, das habe sie sich schon so vorgestellt. sie habe sich ja nicht vorgestellt, daß sie nur sechzig werden würde oder gar fünfzig. mit dem 42. geburtstag würde sie schon noch rechnen, auch wenn der schon hinter ihr liege, aber wenn sie jetzt nur knapp 43 würde, das wäre für sie schon so eine ziemliche enttäuschung, um nicht zu sagen, eine katastrophe, aber wer nehme dieses wort noch gerne in den mund?
gut, dann solle es eben sein, daß sie nur knapp 43 werde, sie habe schon verstanden, das habe sie in letzter zeit aus anderen gründen des öfteren vermutet, daß da so einiges mit dem älterwerden nicht klappen werde.

der senior associate: »ja, was man alles für einen auto-unfall hält in seinem leben« – nicht, daß er jetzt sagen würde, die katastrophen gingen bei ihm ein und aus, nur, mit autounfällen kenne er sich wirklich aus – also: was man alles für einen autounfall halte in seinem leben und glaube, man würde sich zurechtfinden darin, und am ende stelle sich dann doch heraus, daß man sich ganz und gar nicht zurechtgefunden habe, im gegenteil, man habe sich eher ein bißchen verrannt, man finde aus diesem autounfall gar nicht mehr heraus. ja, er habe sich bisher noch von jedem autounfall wegbewegt in seinem leben, aber dieser hier lasse ihn so gar nicht mehr aus!

– er soll jetzt bloß nicht hysterisch werden, kann sie ihm nur empfehlen.
– da redet die richtige –

– sicher, das ist auch ihr in letzter zeit anempfohlen worden, das stimmt, und sie hat immer gesagt: wie aber soll
sie nicht hysterisch werden in diesem zustand –

der partner: ihren alarmismus sollten sie mal abschalten,
alle beide sollten nur für einen moment ihren alarmismus abschalten.

die online-redakteurin: »du und dein alarmismus«, das
höre sie schon so gerne, ja, »du und dein alarmismus«,
das habe man ihr von kindesbeinen an gesagt, nur, weil
sie auf die dinge aufmerksam gemacht habe, das lasse
sie sich jetzt nicht von ihm sagen, überhaupt –

26. koma (die online-redakteurin
und der it-supporter)

es sei ja allseits bekannt, daß sie nicht mehr ganz nüchtern sei. ja, sie möge wohl betrunken sein, aber sie könne ja auch selbst im tiefschlaf ihre arbeit noch verrichten, selbst im koma wäre sie dazu noch in der lage. ja, sie wisse durchaus, sie habe ja ein kleines alkoholproblem, wie es eben auftauchen könne von zeit zu zeit –

der senior associate: da solle sie mal zusehen, daß sie wieder nüchtern werde. mit ihrem kleinen alkoholproblem würde sie alle schon etwas nerven!

die online-redakteurin: »wie gesagt: es ist allseits bekannt, daß sie nicht mehr ganz nüchtern ist.« ja, sie gebe auch durchaus zu, sie sei jetzt ziemlich betrunken, er brauche sie also nicht andauernd zu unterbrechen, sie wisse es, man brauche es ihr auch nicht andauernd zu sagen, und sie wisse auch, ihre ehrlichkeit erschlage, das habe man oft genug gesagt: sie produziere eine ehrlichkeit, wo vorher nichts zu sehen gewesen sei, stelle sie plötzlich ehrlichkeiten in den raum. wie möbelstücke stünden die jetzt da, die einfach nicht zu entfernen seien, und niemand wolle sie mehr haben, ihre ehrlichkeiten, nein, man verzichte jetzt lieber drauf.

sie habe ja in ihrem leben schon einige türen zugehen hören, sie habe in ihrem leben schon einige türen auf- und wieder zugehen hören, aber seit geraumer zeit würden die immer nur zugeknallt. seit geraumer zeit würde sie immer nur noch am telefon sein, um sachen abzuwiegeln, um dinge wieder glattzukriegen, die sich anscheinend verkrümelt hätten. und je länger sie am telefon gewesen sei, desto mehr sei ihr klargeworden, daß man sie längst auf einer abschußliste gewußt habe, daß man mitgekriegt habe: »die ist jetzt zum abschuß freigegeben.« denn so eine abschußliste sei eben in jedem unternehmen zu finden, ja bei der gründung einer abschußliste sei sie ja täglich dabeigewesen, das wundere sie ja gar nicht. das würde sie nicht erstaunen. und immer sei sie draufgestanden, zwar nicht an erster stelle, aber unter den ersten zehn bestimmt.

ja, es sei zur genüge bekannt, daß sie nicht mehr ganz nüchtern sei, und sie könne es auch ruhig sagen, sie habe kein problem damit. auch sei allseits bekannt, daß sie demnächst gekündigt werde, selbst das sei keine neuigkeit, ja, das gnadenbrot, das man ihr nach ihrem letzten absturz serviert habe, habe nicht gehalten, aber daß es sie jetzt alle erwischt habe, das habe sie erst jetzt realisiert.

nein, sie werde jetzt nicht leiser, sie denke gar nicht dran. sie sage jetzt laut und deutlich, was sie zu sagen habe. sie wolle ja auch, daß alle sie hörten.

ja, da brauchten sie nicht so zu gucken, jetzt seien eben alle dran. was hätten sie sich denn gedacht? daß man das alles ewig ungestraft machen könne? daß man ungestraft von tausenden kick-off-meetings sprechen könne. daß man ungestraft ständig das menschliche im kunden entdecken könne oder sich mit der vokabel »multi-tasking« erwischen lassen könne, und nichts passiere?
ja, sie wisse, daß sie betrunken sei, »aber was glauben sie?« wie lange könne so was gutgehen, habe sie sich gefragt. wie lange könne man ungestraft von dienstleistungsgesellschaft sprechen und davon ausgehen, daß man ungeschoren davonkomme, wenn man ständig die rede von dienstleistungs- und wissensgesellschaft im mund führe? doch alleine das sei es ja nicht. »das ist es noch ganz und gar nicht.« es habe sich ja mittlerweile der glauben, in den köpfen hier festgesetzt, daß man ungestraft menschliche stimmen nachmachen könne, als wäre nichts.

»sehen sie«, die frage sei doch die: in wessen durchhalteparolen stecke man drin? ja, in wessen durchhalteparolen halte man sich versteckt? es seien jedenfalls nur noch durchhalteparolen, in denen man stecke, nur noch ein durchhalteeifer, durch den man sich bewege, ja, man müsse sich mittlerweile eingestehen, daß es rund um einen nichts mehr gebe als diesen durchhaltedreck.
»ist es nicht die typische situation: man hat streß, weil

man vermeidet, das problem zu sehen. es ist sturm, aber man tut noch so als ob. man übersieht die fallenden bäume geflissentlich.« aber sie wisse im gegenteil, daß sie längst erschlagen sei. man könnte also sagen, es könne ihr nichts mehr passieren, dennoch wisse sie ganz genau, was sie erwarte, und wenn sie hier jetzt verschwinde, wisse sie, dann sei sie auch wirklich weg.

*

der partner: er wiederhole es zum letzten mal: er habe nicht gesagt, »schafft mir diese redakteurin vom hals!« nochmals: er habe nicht gesagt, »schafft mir die redakteurin vom hals«, das habe er nicht gesagt. er habe auch nicht gesagt: die müsse jetzt weg, er habe sich nur ein wenig über sie aufgeregt, und jetzt, wo sie verschwunden sei, wisse er nun auch nicht – er habe auch nichts mit dem zustand des it-supporters zu tun, wenn das jemand wissen wolle, er sei nicht der, den man für alles zuständig halten soll. diesbezüglich solle man sich lieber an die key account managerin halten.

– nein, er brüllt hier nicht, wie man denn auf das kommt?
– nein, er ist ganz und gar nicht aufgeregt.

27. gedächtnis

– wird jetzt gesagt: es seien von anfang an hubschraubergeräusche zu hören gewesen, von anfang an. von
anfang an so komische durchsagen, darauf hat man sich
geeinigt. auch auf die sicherheitskräfte, die man schon
immer hier herumstehen hat sehen. also nichts außergewöhnliches.
– ja, jetzt erinnert sie sich auch: von anfang an so hubschraubergeräusche, von anfang an diese alarmstimmen.
auch sie erinnert sich jetzt an die typen im eingangsbereich, zumindest, daß da welche gestanden haben.
– es ist einem eben nicht so aufgefallen. man hat es nicht
wirklich wahrgenommen.

die key account managerin: ja, von anfang an hubschraubergeräusche, das werde jetzt von jedem bemerkt.
und dann werde einem gesagt, das sei doch normal, was
man denn habe? warum sie so nervös sei? »ist doch alles
unter kontrolle.« alles im grünen bereich! nichts außer-

gewöhnliches sei hier wahrzunehmen, zumindest nichts, was er als außergewöhnlich definiere.

sie habe aber trotzdem die anderen draußen stehen sehen: herrn belting und mister rieder, björn, und auch »unseren star«, sie hätten zu ihr raufgestarrt, wobei sie sagen müsse, sie hätten mehr so in ihre richtung gestarrt, denn auf ihre gesten hätten sie ja gar nicht reagiert.

der partner: er würde sich ja durchaus von ihr überzeugen lassen, und er würde sagen, für die wirklichkeit sei es auch nie zu spät, auf ihren kurs einzuschwenken, »tatsache ist, sie tut es nicht.«

die key account managerin: und sie? solle sie jetzt seine verdrängungsleistung beklatschen? finden, daß er berühmt geworden sei darin? er und seine schmerzvermeidung, er und sein scheuklappenblick! sie bringe das nicht zusammen, wie er seine wahrnehmung abschalten könne, komme ihm das eigentliche geschehen in den blick.

der senior associate: habe man sich jetzt endlich geeinigt? habe man sich endlich einigen können? sich gegenseitig fehlende wahrnehmung vorzuwerfen oder gedächtnislücken sei jetzt auch nicht die lösung, finde er. die komplette erinnerung stelle sich ohnehin nicht her. da könne man noch eine weile debattieren, man werde doch zu keinem vernünftigen ergebnis kommen.

*

– also von anfang an hubschraubergeräusche, das muß man sich jetzt merken, man vergißt ja so vieles, man hat ja so vieles nicht mehr parat, was geschehen ist.

– im nachhinein wird immer gesagt: man hat eine menge spaß gehabt.

– ja, im nachhinein werden die dinge immer anders gesehen. auch in die firmengeschichte gehen mehr so erfolgsgeschichten ein, die anderen spart man sich.

– man bekommt doch schon vorher gesagt: »das interessiert einen vorstand nicht! damit geht man nicht hin. das behält man für sich!« und so hat er es auch gemacht.

– ach, die firmengeschichte, ja, da paßt auch nicht alles rein. so ein unternehmen sei eben auch nur ein wesen, das sich nicht an alles erinnern kann. auch da muß eine auswahl getroffen werden.

– ach, du drückst auf delete, und die sache hat sich.

der senior associate: nun, so einfach sei die sache nicht. sicher, löschtasten gebe es nicht wenige auf der welt, und auf firmenebene könne man sich nur wundern, wie schnell sich welche einstellten: welche akten wann und wie vernichtet würden und wieviel zeit dazu auf einmal vorhanden sei. das sei doch nicht alles elektronisch gespeichert, da gebe es schon kopien, da gebe es ausdrucke, wegen der sicherheit. und so was dauert schon seine zeit, bis da alle spuren vernichtet wären.

– ja, daß man den leuten immer zeit lasse, ihre spuren zu vernichten, das findet er schon interessant.

– und in seinem fall äußerst ärgerlich. er hatte einfach nichts mehr in der hand.

– ja, solche ereignisse werden nicht großartig begrüßt, aber auch nicht ein verhalten, das ständig darauf aufmerksam macht.

– lieber geht man zur tagesordnung über, und die sache hat sich.

*

der senior associate: ja, in die firmengeschichte gingen mehr so erfolgsgeschichten ein, doch wenn man darauf aufmerksam mache, daß da was übersehen werde, komme natürlich gleich: »keine sorge, in die firmengeschichte gehen *sie* schon ein.« aber er müsse sagen, er sorge sich schon. denn schließlich habe sich der umgangston verschärft in den letzten wochen, schließlich habe man auch in den letzten stunden keinen mehr gesehen, der in irgendeiner weise in kontakt zu seinem unternehmen stehe. er habe schon langsam den verdacht, daß man längst vergessen sei.

– wurde man vergessen?

– nein, das hat hier keiner gesagt. und wenn, dann wäre es durchaus normal. er meint, daß man von zeit zu zeit übersehen wird, das ist doch normal, nur, wenn es ein dauerzustand wird, dann muß man etwas unternehmen.

– ach, man wird heute ja eher grundsätzlich vergessen, als daß sich einer auf einen zurückbesinnt.

der partner: nein, zu großen gedächtnisleistungen würde sich hier niemand mehr aufschwingen, aber das sei ihm ohnehin recht, denn was ihm alles nachgesagt werde, sei nicht direkt angenehm. so unbedingt scharf auf erinnerung sei er da nicht, weil er wisse, daß es meist nicht die richtige sei. man erinnert sich ja mehr an gerüchte als an tatsachen, weil gerüchte viel beliebter seien, »weil sie einfach die besseren geschichten sind«.

*

der partner: »moment mal: was wird einem noch alles nachgesagt?« da gebe es ja eine menge, was man ihm schon alles nachgesagt habe, und was sich dann als haltlos erwiesen habe. er denke nur an die enronzeit, die alle durchaus nervös gemacht habe. alle hätten sofort an ihre zahlen gedacht, wie noch nie vorher an zahlen gedacht worden sei. alle hätten sich bilanzbetrugsgeschichten ausgedacht, als wäre an ihnen was dran, und es sei dann ja auch etwas drangewesen. ein jeder habe andauernd mit einem saftigen skandal gerechnet. also scharf auf das sei er mit bestimmtheit nicht. »ich meine, man hat ja niemanden umgebracht.« er habe zumindest niemanden umgebracht, soweit er sich erinnern könne (*lacht*), obwohl seine erinnerung nicht allzu weit reiche. nein, sehr weit reiche die zugegebenermaßen nicht.

*

– wer hat das behauptet?
– er hat gefragt, wer das behauptet hat?
– also mit so was muß man hier jetzt nicht ankommen.
– ist das gespräch jetzt beendet?
– er hat gefragt, ob das gespräch beendet sei?
– also er glaubt, das gespräch sei jetzt beendet.
– ja, er glaubt, er werde jetzt das gespräch für beendet erklären.

28. gespenster

der partner: »also, daß sie mich nicht falsch verstehen«: die leute liefen hier ja nicht grundsätzlich weg, hätten sie einen entdeckt, sie kämen hier durchaus noch an, sie sprächen mit einem, erkundigten sich nach einer angelegenheit oder wollten einen termin von einem wissen. es sei mehr so seit kurzer zeit, daß man einen riesenbogen um ihn mache oder sich erschrecke, sehe man ihn kurz an.

daß er menschen einschüchtere, das kenne er, daß er sie regelrecht erschrecke, sei ihm auch nicht unbekannt, aber solche reaktionen wie eben jetzt habe er noch nicht ausgelöst. »aber ich bitte sie!«

die key account managerin: daß sie auf außenreize nicht mehr so reagiere, das habe sie schon mehrmals gesagt, und sie sage es jetzt gern noch mal: das sei nicht so schlimm – nein, er solle jetzt nichts sagen – von ihrer unlebendigkeit sei man ohnehin die meiste zeit ausgegangen, zumindest von ihrem totalen ableben seien die meisten ausgegangen, und jetzt rufe auch niemand mehr an. ihr handy sei ja eigentlich auf empfang, aber da würde nur totenstille herrschen, mit gutem grund, müsse sie annehmen – aber auch ohne handy würde man schon von ihrer unlebendigkeit ausgehen.

aber ob sie immer mehr zum gespenst werde, wisse sie nicht. wer solle das auch entscheiden, hören würde man so was jedenfalls nicht gerne, nein, aber sie könne nur sagen: »wie das gespenst immer mehr stimmt, zu dem man verdonnert wurde, ja, wie das gespenst in einem immer mehr zunimmt.«

*

der senior associate: also bevor ihn hier jemand zum gespenst ausrufe, da sei noch er vor. und er dulde das nicht. er und seine mindestsportarten, die ihm stets bereitstünden, die ihm gut zu gesicht stünden. er könne schon beweisen, wie sehr er noch am leben sei. das werde er auch ihr noch zeigen, da brauche sie keine angst haben. auch wie schnell er in anderen leuten mindestsportarten erwecken könne, würde sie gar nicht vermuten, wie schnell er in anderen menschen die komplementärsportart anspreche, und sie in den ganzen körper hinunterbreche, »wenn sie möchten, kann ich es ihnen zeigen!« ja, das gefühl, es sei etwas lebendiges in einem drin, das man anderen vermachen könne, habe ihn beileibe nicht verlassen.

die key account managerin: auch sie habe den impuls, andere leute lebendig zu machen, in sich sitzen. und sie

habe es auch viel eher erlebt, daß sie für lebendig gehalten werde, wo es nicht stimme. sie meine jetzt die beson-
dere lebendigkeit, die einem männer immer zuschrieben,
wollten sie mit einem ins bett. denn dazu brauche es ein
wenig lebendigkeit. ja, sie habe nicht selten das gefühl
gehabt, als lebendigkeitsfaktor benutzt zu werden, eine
lebendigkeitscreme, die man auf den körper auftrage.
dazu habe sie aber nach und nach die lust verloren: als
lebendigkeitsschmiere zu dienen, als lebendigkeitsgel den
männern in die haut zu wachsen.
ja, daß sie für lebendig gehalten werde, wo es nicht
stimme, das habe sie viel eher erlebt, und eine zeitlang
habe sie es sich auch gewünscht. sie habe ja auch für
lebendig gehalten werden wollen, das sei ja äußerst angenehm, diese zuschreibung zu erhalten, und so habe sie
auch eine ganze weile lang diese lebendigkeit produziert.
und es sei auch eine menge lebendigkeit bei ihr zusammengekommen, eine überlebendigkeit, könne man fast
schon sagen, aber meist sei es mit ihrer überlebendigkeit
danebengegangen, so im privaten. solche konstellationen
gebe es ja häufig: die unlebendigkeit des mannes und die
überlebendigkeit der frau. so was könne auf dauer nicht
gutgehen, so was gehe immer nach hinten los. denn
irgendwann kotze der mann diese überlebendigkeit aus,
irgendwann vertrage er sie nicht mehr, und man selbst
kotze seine unlebendigkeit daneben, »die einem auch
schon ganz schön stinkt«.

– und hinterher ist es einem peinlich?
– natürlich ist es einem hinterher peinlich, was sonst?

aber trotzdem: so von untoten umgeben, das habe sie früher eher gedacht. ja, sie habe damals vermutet, daß alle anderen rund um sie untot wären. so habe sie sich nämlich die portion unentschlossenheit erklärt, die in den meisten leuten in ihrer umgebung stecke. diese unentschiedenheit, entscheidungslosigkeit, die ängstlichkeiten, die die leute begleiten würden. entweder sie kämen aus ihren verhältnissen nicht raus oder würden von anderen unentschlossenheiten verdaut. sie halte aber auf dauer keine unentschlossenheiten aus, sie wolle ergebnisse sehen, habe sie bald erkannt. doch die meisten um sie rum hätten sich weiter in ihren unentschlossenheiten versteckt gehalten, und da wäre es schon passiert, daß sie mal durchgedreht sei, daß sie denen das recht abgesprochen habe, souverän weiter über ihr leben zu entscheiden. »ich meine, sehen sie sich das mal an, was die meisten da machen! irgendwann werden die von den kindern überrascht, die sie zeugen, irgendwann von den arbeitsverhältnissen, in denen sie schon lange stecken, irgendwann kommen depressionen hinzu, die sie miterzeugen in ihrem familienzusammenhang, der ihnen auch nicht weiter vorgestellt wurde, und letztendlich ist es der alkohol, der sie wenigstens nicht mehr überraschen kann, weil sie nicht mehr dazu fähig sind.«
über sie habe man zumindest immer nur das gegenteil gesagt. daß sie keine ruhe geben könne. das sei ihre leistungsmentalität, habe man ihr gesagt. »deine leistungsmentalität, die dich eines tages begraben wird«, habe man gesagt, und diese leistungsmentalität habe man schon bei ihrer mutter festgestellt, und sie habe ihre mutter auch unter dieser leistungsmentalität sich begraben

sehen, aber erst im alter, denn vorher war da kein begräb-
nis rauszuholen, »weil begraben wirst du von deiner leistungsmentalität erst, wenn du deine arbeitsanforderung
nicht mehr schaffst.«

wie dem auch sei: teil seiner unlebendigkeit möchte sie
nicht sein, nein, das überlasse sie nur ruhig seiner frau
und seinen mitarbeitern, sie habe wenig lust, da zu par-
tizipieren. da bleibe sie lieber bei ihrer eigenen.
aber eigentlich habe sie den verdacht, er habe seine
unlebendigkeit gar nicht verstanden, als glaube er noch
nicht daran. er werde sich wohl sagen: da gehe er durch
ein privates drama, so was finde sich ja bestimmt das eine
oder andere mal in einem leben ein, wie es so schön
heiße. »man geht durch ein privates drama und findet
sich am anderen ende wieder als ganze person mit da-
zugewonnener erfahrung, nein, in wirklichkeit ist man ja
dann eher dividiert durch seine erfahrung, mehr halbiert
als eine ganze person. wenn es sich um ein privates
drama handelt. aber das tut es hier ja nicht«, das könne
sich bei ihm doch gar nicht mehr einstellen. wahrscheinlich wisse er es wirklich nicht. wahrscheinlich sei er
mit keinem sinn für sterblichkeit ausgestattet, den habe
er einfach nicht, der sei möglicherweise irgendwann ver-
lorengegangen, so unterwegs, den habe er möglicherweise irgendwo liegenlassen nach einem meeting, vor
einem termin, während einer besprechung. irgendwann
sei der einfach liegengeblieben und habe sich nicht mehr
gerührt, sein sinn für sterblichkeit, aber deswegen schaffe
er überhaupt seine ganze workload.

29. exit-szenarium

die key account managerin: was sie nun hier täten? sie gruselten sich voreinander, würde sie jetzt mal sagen (*lacht*). man sei sich doch etwas unheimlich geworden mit der zeit.

der senior associate: ja, man selbst sehe sich nicht als gespenst, diese definition würde immer erstmal von außen kommen, so von sich aus würde man sich dieser gruppe auch nicht zurechnen wollen. man würde sich ja auch nicht für einen zombie (*lacht*) halten oder für ein monster (*lacht*). dafür (*lacht*) sehe er ja wohl zu gut aus, nicht? (*lacht*) nein, er könne kein gespenst in sich entdecken (*lacht*) zumindest freiwillig würde er es nicht tun –

der partner: und das einzige, was man jetzt noch erwarten könne, sei, daß der todesfall, der offensichtlich eingetreten sei, doch etwas ambitionierter sein möge als man selbst. daß er sich eben durchringen könne, etwas expliziter zu werden, wenn man selbst das schon nicht schaffen könne.

*

der senior associate: ach du meine güte, was habe man sich schon für exit-szenarien überlegt. er wisse noch genau, wie er sich gesagt habe, der sommer 03 würde ihm gehören, das habe er gesagt, das sei ihm im sommer 02 die ganze zeit eingefallen, daß der sommer 03 ihm gehören würde, wenn schon vom sommer 02 nichts zu sehen gewesen sei. obwohl, der habe wohl auch irgendwo um ihn gewesen sein müssen, nur, mit einem dreiteiler im schatten bei 30 grad nehme man ihn allenfalls als behinderung wahr. ja, als er da im schatten den dritten sommer im dreiteiler und nadelstreif bei 30 grad im büro verbracht habe, habe er sich gesagt: »den nächsten sommer mit sicherheit nicht, nein, den nächsten mit sicherheit nicht.« aber das spiele wohl jetzt keine rolle mehr.

der partner: die frage sei doch vielmehr, wie lange man schon tot sei – »ich meine, wer uns überlebt hat? und was? was uns überlebt hat?« – er meine jetzt so zeitgeschichtlich. das sei ja merkwürdig, diese vorstellung, daß alles, was man um sich habe, einen längst überlebt habe.
also er wolle das nicht. er wolle nicht, daß andere dächten, sie hätten ihn überlebt. er sei noch immer der, der die anderen überlebe, das wolle er schon betonen.

der senior associate: trotzdem: den sommer 03, den hätte er schon gerne gehabt, auch wenn er dann, wenn er ihn gehabt hätte, nicht gewußt hätte, was er mit dem hätte anfangen können. wenn er dann erneut ratlos einer freien zeit gegenübergestanden wäre – er hätte ihn trotzdem gerne gehabt. dieser sommer 03 sei vor ihm wie ein bild gestanden, das nun schlagartig verblasse.

der partner: wie lange man schon verstorben sei, das sei doch wohl die frage, und wer mit einem mitverstorben sei. wahrscheinlich nicht viele, am ende eher so gar niemand, was ihn betreffe.

der senior associate: er glaube, er sei schon länger verstorben. bei der redakteurin würde er mal so tippen: ende der 80er jahre, so wie die aufgetreten sei, auch bei dem it-supporter sei es bekannt, da gehe es sicher zurück in die 70er jahre, wenn man sich ansehe, welche ideen der so habe.

die key account managerin: »das ist nicht lustig, ja?«
der senior associate: er habe auch keinen witz gemacht.
der partner: »nein, er hat keinen witz gemacht.«

*

der partner: trotzdem: »ich habe ein unternehmen zu leiten«, würde er jetzt gerne sagen und sich verabschieden.
die key account managerin: »meine firma ruft!« käme liebend gerne aus ihrem mund, ja, so was käme jetzt gerne aus ihrem mund. allein, es schaffe den weg da raus nicht. aber auch anderes schaffe den weg nicht: »zu meinem team hin meine wenigkeit! wir haben den produk-

tionstermin zu klären«, wäre bis vor kurzem auch eine variante gewesen, was entschiedenes zu sagen, und nun werde es von ihr nur noch verabsäumt.

der senior associate: oder zumindest mehrmals betonen, wie realitätsfremd die eigene regierung sei, während man selbst so nah an den dingen sei. so nah. man verliere ja direkt den überblick.

– so in etwa.
– so in etwa.
– und warum passiert das nicht? spuren der lebendigkeit schießen ja auch sonst wie kraut nach oben, sagt man, lasse man sie nur. doch hier schießt irgendwie nichts.
– ja, jetzt soll doch eine wiederbelebung eintreten, das ist doch das mindeste, was zu erwarten ist!
– aber man muß auch einsehen, daß immer nur »power-power-power!« auch nicht zum erfolg führen wird.

*

die key account managerin: nein, wiederauferstehung, davon sei jetzt immer die rede gewesen. alleine, so einfach sei es nicht. von wiederauferstehung redeten nämlich genau die richtigen, nämlich die, die es nicht betreffe. die, die eine wiederauferstehung nicht mitmachen müßten. jetzt so im engeren sinn. oder die sie nicht nötig hätten. und die komplette wiederauferstehung müsse man zur zeit beschwören, das komplette wiederauferstehungs-ding. da würden keine halben sachen helfen.

»ich bitte sie!« ansonsten fasle doch auch alles von »neubeginn«, ja, da heiße es »insolvenz als chance«, und

»man hat sich einem neubeginn verschworen«. warum haue das jetzt nicht hin? warum habe sich diesbezüglich noch immer keine kompetenzkante ergeben, an der entlangzuschlittern wäre? und wäre an einer kompetenzkante entlangzuschlittern jetzt nicht die einzige bewegungsform? warum fänden sie ihn nicht, den kompetenzkern, an den man sich halten könne? oder brauche es zur wiederauferstehung etwas mehr außenwelt und jetzt fänden sie sie nicht?

ob etwa hinter ihnen eine firmenwand zusammengewachsen sei? habe sich hinter ihnen ein firmengewitter nach vorne bewegt und alles vollständig überzogen mit einem firmenfilm. ob jetzt nur noch eine firmenähnlichkeit zu entdecken sei zwischen ihnen und dem rest der welt, und deswegen funktioniere ein neubeginn nicht?

nein, wiederauferstehung klappe einfach nicht. könne gar nicht gehen. denn da sei noch was vor. »du bist und bleibst so ein exemplar«, habe man immer zu ihr gesagt. »ein exemplar deiner selbst.« ja, selbstausgabe sei sie, was sonst auch. so eine nummer sei sie, hat man ihr immer wieder gesagt. nur sie erinnere sich nicht mehr von was. von was sei sie die ausgabe, von was die nummer?

*

der partner: ja, er wisse von selbst, daß er an produktzyklen zu denken habe, an bwl-kreisläufe, das wisse er, »da brauchen sie mich gar nicht aufzufordern! das kann ich schon allein!« aber er denke nun mal nicht an produktzyklen, er denke nicht an bwl-kreisläufe, an die wohl

zu denken wäre, diese ehernen bwl-gesetze, die die
wiedereinführung und neubelebung von marken vor-
sähen, nein, diese analogie mache er jetzt nicht! dieses
kreislaufdenken versperre ihm nur die sicht. er denke
eher an andere dinge. er denke eher an – »moment mal«
– ja, jetzt erinnere er sich –

30. erinnerung

der partner: er müsse vielmehr an die letzte aufsichtsratssitzung denken, und wie leise es gewesen sei im haus.
ja, es sei seine letzte aufsichtsratssitzung gewesen, eine
software-firma, zu der er freundschaftliche beziehungen
unterhalten habe und in die er auch indirekt finanziell
verwickelt gewesen sei. doch in seiner erinnerung zähle
das nicht. in seiner erinnerung sei nur er da, einfach
vorhanden, ja, er erinnere sich, wie er ein stockwerk über
dem sitzungsraum gesessen sei und wie leise es dort
gewesen sei. er denke an die merkwürdige stille im haus,
die im ganzen raum vorhanden gewesen sei, d.h. »herr
gehringer!« habe jemand noch gerufen, aber das sei, so
habe er es empfunden, schon vor langer zeit gewesen.
jetzt habe es nur diese bürostille im zimmer gegeben, d.h.
im nebenraum habe er plötzlich ein geräusch gehört.
jemand habe gehustet. das sei wohl eine sekretärin gewesen, dann habe er aber gemerkt, daß das nicht der fall
habe sein können, denn der anrufbeantworter sei an-

gesprungen. und während der anrufbeantworter so am laufen gewesen sei, habe auch die fliege am fenster begonnen, sich zu bewegen, sie habe sich sozusagen in gang gesetzt. ja, er erinnere sich an die fliege am fenster und an deren zahlreiche wege, die sie genommen habe. eine vielzahl hektischer schlingen, eine vielzahl abrupter richtungswechsel, das verwirrende muster eines laby- rinths, das nicht zu sehen und dessen ausgang nicht zu verstehen gewesen sei. und dann habe es plötzlich in dem leeren büroraum zu riechen begonnen, ja, er erinnere sich, wie es in diesem beinahe leeren bürozimmer plöt- zlich nach den neuen kunststoffteppichen gerochen habe und nach den geräten, so wie es in diesen neuen büroz- immern eben immer rieche. nach dem drucker, dem bildschirm, der ablage und all dem büromöbelholz, nur diesmal sei es deutlicher gewesen, um nicht zu sagen lauter. ja, selbst das büromöbelholz habe geräusche fab- riziert, die vorher nicht zu vernehmen gewesen wären.

unten sei jetzt gelacht worden, es sei deutlich zu ver- nehmen gewesen, wie die assistenz der geschäftsführung da einen witz nach dem anderen gerissen habe. »so weit also sind sie schon«, habe er sich dann gedacht, denn das sei ja so: wenn die assistenz der geschäftsführung schon witze mache, habe der geschäftsführer sie schon längst hinter sich gebracht.
warum er nicht unten bei ihnen gewesen sei, verstehe er jetzt nicht. schließlich werde eine aufsichtsratssitzung nicht ohne den vorsitzenden gemacht. aber er habe sich wohl in dieses zimmer zurückgezogen, in einen dieser unzähligen büroräume, die dieses stadthaus zu bieten

gehabt habe, ein ziemlich großes altbaugebäude am rande der stadt, das sich dieses unternehmen zum repräsentieren gemietet und dann innen geschmacklos mit büroräumen ausgestattet habe.

vielleicht habe er noch etwas erledigen wollen, einen telefonanruf, nach dem ihm dann hier oben plötzlich so gar nicht mehr gewesen sei. alle telefonanrufe seien jetzt so fern erschienen, so weit zurückliegend in irgendeiner anderen zeit, die man nicht mehr betrete, weil sie einfach nicht mehr zutreffe, oder weil sie einfach keinen ort mehr habe, dieser ort hier zumindest sei von anderem erfüllt gewesen – nein, an telefonanrufe habe er auch nicht gedacht, es habe ihn auch nicht verwundert, daß niemand an das handy gegangen sei, das beständig neben ihm geläutet habe und das er zunächst gar nicht wahrgenommen habe. aber jetzt sei es um so mehr dagewesen, dieses einsame handy neben ihm, das niemand vermißt habe und das ständig zu läuten begonnen habe. »was wird das wohl für ein handy sein?« habe er sich noch gedacht – daß es seines gewesen sei, dieser gedanke sei ihm gar nicht gekommen.

er erinnere sich an dieses zimmer und an diese aufsichtsratssitzung, als wäre sie jetzt. »wie jemand neben einem einen kaugummi kaut, und du kriegst es nicht mehr los.« er habe gewußt, jemand schenke unten schon mal die getränke ein, und die brötchen stünden auch schon bereit für danach. man lasse sich also jetzt zu witzen hinreißen, die man ohnehin schon kenne, während hier oben das handy weiter um anerkennung kämpfe, die ihm aber keiner zolle. er habe das summen in der leitung gehört, er habe dieses merkwürdige summen im ganzen haus gehört und höre es immer noch. nur bekomme er kein klares bild von diesem zimmer, in dem er offensichtlich gesteckt habe. ein bild mit übersicht, das gebe es nicht. es gebe nur schritte, die gingen jetzt durchs haus, es gebe schritte, die seien schon im treppenhaus –

die hätten sich dem zimmer genähert, die seien daran vorbeigegangen, hätten im nebenraum angeklopft: »herr gehringer, herr gehringer, sind sie da?« glaube er jetzt noch zu hören, und nach einer kurzen stille, dann noch einmal: »sind sie da? wir warten nämlich auf sie.« dann sei wieder nichts erfolgt. nur das knistern im teppich und das knistern am bildschirm, das knistern in eigenregie inmitten der luft. er habe die ameisen in den wänden gehört, er habe den himmel draußen gehört, wie der himmel keine luft mehr enthalten habe, so blau habe er auf ihn gewirkt. ja, er habe gehört, wie der himmel keine luft mehr enthalten habe, nur noch dahingejagt sei in seinem ewiggleichen blau. und dieses geräusch sei so unsagbar laut geworden, so daß es alles andere überdeckt habe, wäre da nicht dieser jemand gewesen, der vor der zimmertür gestanden sei. ja, immer deutlicher habe er auch dieses warten vernommen, dieses zögern, den griff zur tür, der hängengeblieben sei mitten in der bewegung, als habe die person geahnt, was da in diesem raum zu sehen gewesen sei. und jetzt wisse er auch, was da zu sehen gewesen sei, jetzt wisse er, wer sich mit ihm in diesem raum befunden habe.

*

die key account managerin: ja, sie erinnere sich jetzt auch: auch sie sei in diesem haus gewesen, auch sie habe da zu tun gehabt, sie wisse aber nicht, ob sie auch auf dieser sitzung gewesen sei, »aber dieses haus war es bestimmt«. sie sei aber mehr im fahrstuhl dringewesen – ja, einen fahrstuhl habe es auch gegeben. – »immer noch im fahrstuhl?«, erinnere sie sich, sei der witz gewesen, mit dem man sich jeden morgen begrüßt habe, wenn man sich da zufällig begegnet sei, als wäre mit dem aufwärtsgang alles erfaßt, was vorstellbar sei an bewegung. »immer noch im fahrstuhl? sie kommen aber gar nicht mehr voran!« nur, daß es plötzlich richtig gewesen sei: da sei nichts mehr nach vorne gegangen, da habe sich nichts mehr zurückbewegt: dieser fahrstuhl sei komplett still-gestanden.

sie wisse jetzt nicht, ob sie die assistenz der geschäfts-führung gewesen sei, aber irgendwie sei es plötzlich vor-stellbar, irgendwie habe sie jetzt den verdacht, daß das ihre position gewesen sei. aber im grunde erinnere sie sich nur an den fahrstuhl, der in den dritten stock hin-aufgefahren sei, ein fahrstuhl, in dem kein spiegel gewe-sen sei, nichts, was einem das eigene dasein hätte versi-chern können. die musik habe das jedenfalls mit sicher-heit nicht getan. ja, sie erinnere sich an diese musik, die im fahrstuhl zu hören gewesen sei, wie man sie oft an solchen orten zu hören bekomme, so eine weihnachts-musik, so eine berieselungsmusik, so eine verkaufsför-dernde musik, nur daß hier nichts zu kaufen gewesen sei. sie unterscheide ja zwischen musik, die draußen bleibe, musik, die einen einhole, und musik, die in einem drinnenbleibe auf immer und ewig. diese da sei zweifelsohne eine musik gewesen, die nicht mehr zu verlassen gewesen sei, selbst in der ärgsten stille nicht. und die sei jetzt von außen gekommen, die habe sich jetzt überall ausgebreitet. denn sei bisher das übrige haus zu hören gewesen, diese stimmen, die von der sitzung gekommen seien, der kleine tumult, der von oben hergerührt habe, von jenem zimmer, so habe dann jede räumliche akustik ausgesetzt.

sie erinnere sich nicht an das zimmer, wie es in dem zimmer gewesen sei, sie erinnere sich nur an die bewegung hin und die bewegung weg. ja, wie sie sich plötzlich wegbewegt habe von jenem zimmer und dieser fahrstuhl noch immer nicht gefahren sei. er sei entweder stehengeblieben oder habe sich mit einer geschwindigkeit bewegt, die nicht mehr wahrnehmbar gewesen sei. sie habe nur noch möglichst weit weggewollt von diesem ort, kilometer machen, wie man sage. die kilometer, die in diesem raum vorhanden gewesen seien, hätten sich aber nur langsam durch ihre haut gefressen. ja, so sage man doch: land gewinnen und ein ziel vor augen, das wäre die normale umgangsform mit sich selbst.

eine spannung sei in der fahrstuhlkabine gewesen, die den ganzen raum elektrisch aufgeladen habe. eine spannung, die unerträglich gewesen sei, die jeglichen widerstand einkassiert habe. aber da hier nichts mehr einzukassieren gewesen sei, habe sich die wahrnehmung auch bald wieder verloren. das, was sich jetzt in bewegung gesetzt habe, sei gar nicht dagewesen, habe woanders stattgefunden. woanders, wo sie vermutlich selbst abgeblieben sei. denn plötzlich komme ihr der verdacht, daß sie in diesem zimmer nicht nur dringewesen sei, sondern vermutlich sich auch in wirklichkeit immer noch dort befände und dort auf einen körper sähe, der nicht zu ihr gehörte, aber sie wisse jetzt auch, wer das sei.

*

der senior associate: ja, was musik alles ausrichten könne, habe auch er sich gefragt. er habe sich das ja von außen angehört. sicher, auch er sei in dem zimmer dringewesen, in dem herr gehringer und frau mertens vorher gewesen wären. er sei nur am fenster gewesen, das fenster raus zur stadt, die vor ihm gelegen sei. er sei der blick nach draußen gewesen, so habe es auf ihn gewirkt, der blick auf den fliegenden himmel, das fliegende blau, ohne jede wolke, trotzdem habe er gewußt, daß draußen ein sturm gewesen sei. ein sturm, den habe man noch nicht gesehen, ein sturm, den könne man auch nur einmal sehen.

auch er erinnere sich, wie im nebenzimmer gelacht worden sei, und zwar laut und deutlich über einen privaten witz. so was höre man ja, ob es ein eher geschäftliches lachen sei oder ob es was privates habe. zumindest habe er sich das gedacht und sich gefragt: »warum geht denn da dauernd der anrufbeantworter an? warum lacht da jemand und hustet, macht seine arbeit aber nicht?« aber das sei schon lange hergewesen. dann habe im ganzen haus eine stille geherrscht, kein atem, der da zu spüren gewesen sei.

er erinnere sich daran, daß man ihn später weggetragen

habe, er erinnere sich an den körper, der vor ihm am boden gelegen habe. er erinnere sich daran, wie schnell das geschehen sei, als ob nichts um dieses ereignis geparkt hätte, was bedeutung hätte haben können. jetzt aber sei dieser körper noch dagewesen mit seinem atem. er habe gewußt, da sei jemand ruhig bei der sache, hier gehe es nicht um hektischen vollzug. jemand verrichte hier seine arbeit, habe er gewußt, da schaue man nicht zu. er habe ohnehin nichts gesehen, er habe ja nach draußen auf die stadt gesehen, die auch nichts davon wiedergegeben habe, was hinter ihm stattgefunden habe. er habe nur gewußt, »da wird jetzt schluß gemacht«. ja, es sei der permanente kriegszustand gewesen, der hier den ausschlag gegeben habe. die permanente katastrophe, in die man gut eingearbeitet gewesen sei. er habe gewußt, daß in dieser handlung kein anderer sinn gelegen habe als die vollendung dessen, was in allen vorherigen angelegt gewesen sei. und jetzt wisse er noch, er habe gedacht: »da hat sich wohl jemand umgebracht.«

man kenne das ja, wie irgendwo glastüren auf- und zugingen, wie glas eben so plötzlich auseinandergehen könne, das man zuvor von hand nicht auseinanderbekommen habe. plötzlich seien sie dagewesen. sie alle hätten sich schnell zu rückbewegt, rückwärts bewegt, auf telefone zu, auf tankstellen, anschlußstellen an einen ordentlichen ort. den krankenwagen habe er nicht gehört. auch wie sich alle rückwärts bewegten, habe er nicht gesehen, weil *er* der blick nach draußen gewesen sei. er habe es nur gewußt. und auch *das* habe er nur gewußt: »jetzt tragen sie ihn fort.«

ja, er erinnere sich jetzt, wie er sich gedacht habe: »da hat wohl jemand seinem leben ein ende gesetzt«, aber dazu habe es keinen plötzlichen grund gegeben. nur das gefühl, durch eine permanente katastrophe zu gehen, einen permanenten kriegszustand wahrzunehmen, das gefühl, dieser sitze in allen geräten drin, dieser sitze auch auf der wand, die er nicht habe sehen können, weil sie sich ja hinter ihm befunden habe. und nur für einen moment habe er auch den körper erahnen können, der da am boden gelegen sei, nur einen moment, »aber trotzdem erkenne ich *sie* wieder«.

31. streik

– ja, hat man es ihnen noch nicht gesagt?
– hat man sie noch nicht in kenntnis gesetzt?
– nein, das machen wir jetzt nicht.
– das interessiert uns nicht.

*

»aber eines würde ich schon gerne wissen« –

*

von den toten erwecke man keinen so schnell, heiße es,
warum mache man es dann bei ihnen? wieso herrsche bei
ihnen diese lebendigkeit? »ja, das erfahren wir jetzt von
ihnen! jetzt erzählen *sie* mal!«
– ja, was ist mit *ihnen*? *sie* sind ja auch andauernd dabei?
– er hat sich langsam gedanken diesbezüglich gemacht.
»warum machen sie das? hat man sie doch sicher schon
mehrmals gefragt.« ja, »warum machen sie das eigentlich? und wie lange machen sie das schon?«

ob man ihnen verraten könne, warum das hier gemacht worden sei?

ob man ihnen mal erzählen könne, was das solle.

ob man sie mal in kenntnis setzen könne, was der antrieb für das gewesen sei.

»sehen sie, das können sie nicht!«

er meine, es werde ihm erst jetzt bewußt: »überall sehe ich *sie*. ich sehe *sie* sitzen in zahlreichen restaurants und cafes und lounges, an diesen orten, an denen man sich treffen kann, um ein ruhiges gespräch zu führen. ja, es fällt mir jetzt auf, wo ich sie überall schon gesehen habe. in zahlreichen restaurants und cafés habe ich sie meinesgleichen gegenübersitzen sehen und gespräche führen, in flugzeugen, abfertigungshallen, in zügen, immer waren *sie* schon da!« er könne sich eigentlich an keinen ort erinnern, an dem das nicht so gewesen sei.

er habe ja anfangs gedacht, »da bewegt sich jemand auf feindesgebiet«. ja, er sei von einer frontstellung ausgegangen und jetzt stelle sich das gegenteil heraus. zumindest eine außenperspektive hätte er sich erwartet, ein wenig abstand, doch jetzt wisse er, den gibt es nicht.

»*sie* sind ja genauso getrieben!«

»*sie* sind ja ständig auch dabei!«

da könne man sich schon fragen: »in welchen durchhalteparolen stecken sie drin?« oder besser gesagt: »in wessen durchhalteparolen halten sie sich auf? ihre eigenen sind es ja nicht, oder?«

ja, man könne sich schon mal die frage stellen, doch er
wisse, er werde da nichts erfahren.

– er glaubt nicht, daß er das weiter möchte –
– auch sie macht das nicht weiter mit.
– ja, und er glaubt, hier hört sich alles auf.

32. wiederbelebung (ich)

ja, was musik alles ausrichten kann! die beiden partner trudeln wieder ein. und leute, die begeistert sind von ihren steueroptimierungsplänen. auch wieder da. der spektakelmann, ja, der spektakelmann mit psychonähten im gesicht. was die alles zusammenhalten können. wieder da, das ganze bwler-deutsch. auch sie ist wieder da, die handy-telefonistin, die traurige handy-telefonistin, wie sie wieder ihr gerät bespricht. ja, wieder da, das ganze bwler-deutsch, ja, was kann man alles in das bwler-deutsch packen.

das würden sie jetzt sagen: »aber auch die ganzen power-point-präsentationen sind wieder da. die flash-animatio-nen. und das publikum im beifallschlaf ist auch wieder da. jeder angereist mit seinem eigenen powerpoint-minister. alle liegen sie im powerpoint-millenniumschlaf. den hat man mitgebracht aus alten zeiten und den nimmt man durchaus auch noch weiter mit«.

das würden sie jetzt sagen, ja, wieder da der spruch »das sind keine kinder« – »doch doch, man muß sie sich mal ansehen« – »das sind keine kinder, die sind ultraerwachsen, die geben sich höchstens den anschein der kindlichkeit.« wieder da: die schlechte messeluft. würden sie jetzt sagen: »ja, es ist alles wieder da. doch messe als ständiger aufenthaltsort geht eben nicht. selbst mit so einem content-community-commerce-schatten im gesicht. nein, in die selbstdarstellungsfalle plumpsen wir jetzt nicht!«

doch selbst die gibt es jetzt wieder: die podien, die suggerieren, daß man nicht nur privatwirtschaftlich zusammensitzen kann. wo man beispielsweise über themen reden kann, die längst ihren schrecken verloren haben. beispielsweise »videoüberwachung im öffentlichen raum«. wo man auch sagen kann »herr schuster, sie haben stuttgart fälschlich als sicherheitsidylle ausgegeben.« ja, auch wieder da, die rede von kriminalitätsschwerpunkten, doch kriminalitätsschwerpunkte wird man keine finden in dem raum, da ist alles gleichmäßig verteilt, da verhält sich alles proportional zur größe des eigenen unternehmens, würden sie sagen. aber machen sie nicht. sie sagen das jetzt nicht, sie lassen das jetzt sein. sie machen da jetzt nicht mehr mit.

inhalt